生活比我的话更刻薄

毒舌奶奶 著

中国友谊出版公司

图书在版编目（CIP）数据

生活比我的话更刻薄 / 毒舌奶奶著. —北京：中国友谊出版公司，2015.12（2016.3重印）（2016.4重印）

ISBN 978-7-5057-3664-1

Ⅰ. ①生… Ⅱ. ①毒… Ⅲ. ①散文集—中国—当代 Ⅳ. ①I267

中国版本图书馆CIP数据核字（2015）第312567号

书名　生活比我的话更刻薄
作者　毒舌奶奶 著
出版　中国友谊出版公司
发行　中国友谊出版公司
经销　新华书店
印刷　北京盛通印刷股份有限公司
规格　880×1230毫米　32开
　　　7.75印张　215千字
版次　2016年1月第1版
印次　2016年4月第3次印刷
书号　ISBN 978-7-5057-3664-1
定价　39.80元
地址　北京市朝阳区西坝河南里17号楼
邮编　100028
电话　（010）64668676

目录

第一章

这世界上，还有什么比爱自己更重要

002
太聪明的人的确没办法谈恋爱

008
千万不要和没有幽默感的男人谈感情

012
爱与不爱一样毫无逻辑

016
如果不能愉快地玩耍了，那我们就分手吧

020
百无一用是深情

026
即使心甘情愿，也要适可而止

029
他过得好不好，都与你无关

033
当爱辜负你的时候，还有什么比吃更重要

040
任何以“自由”为名的不负责任都是耍流氓

042
“我想你”到底应该怎么表达

046
学会把一个人放在心里，偶尔想想而已

050
对不起，我真的不爱你

054
在爱情面前，矜持算什么

057
死心才是解决问题的唯一方式

061
自救是对付男人的最好办法

066
找不到新欢，怪旧爱喽

069
别和负能量的人在一起

CONTENTS

第二章

美女都是狠角色

074
那些“叛逆”的姑娘，只是比你更了解自己而已

078
你被喜欢谄媚的人坑过没

082
歇斯底里

086
不要用“美女”这个身份换太多的东西

090
赚钱是比嫁人重要一百倍的事情

094
美女都是狠角色

098
靠讨人喜欢是无法创造历史的

102
买买买，扔扔扔，才是女皇的态度

106
努力，也不是你变矬的理由

109
每个女王，都是自己和自己过日子的

112
你温柔的心，穿着一件重口味的防弹衣

118
要么给我爱，要么给我钱

122
当前任男友来借钱

124
最靠谱的就是爱自己

CONTENTS

第三章

学会接受所有的不公平

130
品位与盲目优越感

132
面对浮躁，我们也许可以做点啥

136
别用屁股去证明谁对谁错

140
我们该去哪里寻找答案

146
Trouble is A Friend

148
永远不要嘲笑年轻人幼稚

151
踏实点，你就与众不同了

154
懒癌患者的一线生机——如何懒且高效

160
你知道万物皆变，却从不伸手拥抱
—
163
在拼命证明自己的时候，就输了一半了
—
168
谁跟你说长得漂亮就过得好的
—
173
学会接受所有的不公平

CONTENTS

第四章

走自己的路，臭自己的美

180
美丽的规则

186
那些看起来很狠，过得却很开心的人

190
不为你改变，是我的态度

194
美不过加一分，丑不过减一分

200
学会对别人的人生闭嘴是一种美德

204
那些能左右我哭笑的人，都被岁月踩死了

208
如何才能做一个邪魅狂狷的姑娘

211
极致才是真正的奢侈

214
心灵砒霜：我不努力也过得比你好

218
秀优越感也没个技巧，真讨厌

222
任何矫情都是自取其辱

225
“玻璃心”只是一枚“小傲娇”

228
我错了，我不改

232
剩女的光荣与可耻

没有什么 '...

比爱自己更重要

PART ONE

这世界上，还有什么比爱自己更重要

太聪明的人的确没办法谈恋爱

其实标题这句话是李碧华说的，“太聪明的人不适合谈恋爱”。

我不会告诉你，我的爱情观自李碧华而来。我摆着清冷孤傲、看透世事的脸，在这里告诫大家一句：“想好好谈一场傻白甜的恋爱，请千万不要打开李碧华的任何一本书”。

她并不犀利，却很刁钻。用可怕的人性洞察力，让你感觉到：爱情不过是一场虚无的游戏，到最后根本没有赢家。

膜拜我的女神到此为止，现在该谈谈女神的这句话：太聪明的人没办法谈恋爱?

我听一个男生反驳说：“怎么可能呢？聪明的女孩子知道恋爱中怎么设身处地地为对方着想，能让我们男生感觉到温暖却并不黏人，又独立，会照顾好各方面的关系，不会瞎胡闹，不跟聪明的女孩谈，跟谁谈？聪明的女孩子才配享受爱情。”

呵呵呵呵……我见过很多这样的女孩子，把情侣关系处理得井井有条：知道过年过节给婆婆或者男方的其他家人买什么礼物，也知道什么时候说什么话，什么场合穿什么衣服，什么情感状态下露出什么样的表情，不打扰男朋友玩游戏，也不会给男方经济上的压力，似乎从来没有在情侣关系中出过什么大错误。

如果一个女孩子自打和你谈恋爱起就没有“作”过，那么，要不，她已经被规则束缚到无趣；要不，就是特别想嫁给你，跟爱无关；或者你喜当爹了，或者她想借助你忘掉其他人。

所以，我不认为该男生嘴巴里的“聪明”女孩是真“聪明”，而顶多算“懂事”。懂事如果等同于聪明，那世界上绝大多数不被规则束缚并名垂青史的天才大概要从坟里爬出来扰乱世界秩序了。如果说聪明，李碧华算一个。

这样一个低调到你很难在网络上找到一张她照片的女人，是《青蛇》《霸王别姬》《胭脂扣》《诱僧》等书的作者，她的爱情观鞭辟入里：“什么叫多余？夏天的棉袄，冬天的蒲扇，还有等我已经心冷后你的殷勤。”

我看过她的一系列文字，以为她喜欢同性，不然就是早已遁入空门，结果其实她三十多岁的时候嫁给了出版工作者郭崇元。郭崇元当然是博学的，但在李碧华面前，那一点才华被碾压得灰飞烟灭。然而李碧华和郭崇元结婚了，周围的人称李碧华从未收过花，也没见过两个人卿卿我我，两个人的婚礼也没有怎么操办，见证人是两个人出版的书籍，厚厚地堆在桌子上。

婚后她曾经给夫君写过一个简短的自画像。年龄：数字太大；三围：数字太小；身体特征：头角峥嵘；性格特征：忠肝义胆，一丝不挂；愿望：不劳而获，醉生梦死；所崇拜的快乐美满人生：七成饱，三分醉，十足收成；过上等生活，付中等劳力，享下等情欲。

什么叫聪明人？这叫聪明人。一切都看得太透，一切都不争不抢。但，这不是恋爱的状态。

你若说她和夫君谈过一场甜甜蜜蜜的恋爱，我是不信的。那种感情，更多的是互相陪伴与互相欣赏，现世安稳与知足常乐。然而，这不是爱情的含义。作家的才情是需要爱情的刺激的，我想刺激李碧华成为李碧华的，除了腹有诗书和天生才情，还得有一个她永远放在心中的男人，而那个男人一定不是她相公。

婚姻的幸福有很多种。有的是因为爱情，有的是因为付出，有的是因为欣赏，有的是因为钱也说不定。

太聪明的人也许没办法谈恋爱，但有办法结婚。克林顿和希拉里，Frank和Claire，他们的婚姻里，更多的是信仰与追求的契合，而不是爱情。

谈到爱情和聪明，在fall in love那一刻，聪明和愚蠢的人感觉都是一样的。那就是：从此刻开始，我希望我的世界里只有你，你的世界里只有我。

然而这个过程持续下去，天性聪明的人更敏感，更易洞悉，比愚笨的人更能预见爱情的火焰随着时间推移的消逝，恋人眼里的光彩不过变成了习惯。而她会比那些愚笨的人更加无可奈何与不可接受，承担更多火焰熄灭前的孤独与痛苦，而愚蠢的另一半根本无法体会。

爱情的灭亡就是爱情的规律，每个人都要尝试几次，不过，聪明的人也许一次就懂了。于是，聪明的人悲剧了。

卿卿我我、你侬我侬，天长地久、沧海桑田，不过是为了泡妞而说的或真或假的甜言蜜语。你再爱我，我再爱你，这种源于本能的冲动都维持不了一年半载。之后，我们要么各回各家，要么甘于平淡。那么爱情呢？一场浪费时间没有结局的游戏，还谈个什么劲儿！

最后，“我的聪明”大概有三种归宿：1.甘于平淡，把心里的爱情化作歌词写出来（像林夕、李碧华）；2.玩弄，享受一次是一次。预见了故事的开头，也预见了故事的结局。人就那么几大类，爱情也不过就那么三五种；3.遁入空门。

聪明是一种先天的敏感。当你对着电路图抓耳挠腮看不懂的时候，物理天才看它不过像你看“1+1”那么简单，这是老天赋予的智商。

就像有的人可以一次次对爱情飞蛾扑火，每次都抱有憧憬却每次都百思不得其解自己为什么得不到爱情，聪明的人早就像看“1+1”一样看到了结局——所有的爱情，都逃不出平淡或者死亡。那么，要么享受一天是一天，要么，干脆不碰，于是不伤。

这才是聪明。这种聪明和努力无关。

又看到有人说，和聪明的女孩在一起，她会表现得大智若愚。我又想

“呵呵呵”了，真正的聪明，不需要自降身份与你同等，那种天生的聪明，几乎天生就含有了张扬的属性，因为无论如何也掩饰不了他/她的光芒。

世上本无事，庸人多自扰。请别替聪明人瞎操心了，聪明人也不会为你们大智若愚。

而如果遇到那个愿意为你哭闹，愿意为你纠缠的聪明姑娘，请珍惜她。因为也许过不了三五年，你就成了她笔下那个伤透了蛇心的许仙和不通晓世情的法海了。

法海你不懂爱。等你懂的时候，我却早已不在。

此刻开始，我希望我的世界里只有你，你的世界里只有我。

千万不要和没有幽默感的男人谈感情

我归纳的男人最可怕的时候，排名第一的是，装×又没有幽默感。就是完全沉浸在他自己的世界里，装×装×再装×，完全不顾外界反应。这实在是太可怕了，太有杀伤力了。

比如说，一个我通过业务认识的臭男人，约出去谈点事情，不出五句话，绝对不出五句话，话题一定会扯到："我跟你说，我去年做了×亿的项目，觉得身体很吃不消，对家庭弥补得也不够，不过一想到整个公司都很需要我，真的是卸不下来身上的担子，做人要有责任感，特别是做男人……"

当你试图将话题引开，评价下"这个地儿菜很不错哦"之类的时候，人家也一定会有本事将话题扯回来说："工作太辛苦了，卸不下来身上的担子，有时候就食之无味了……"

他要是用"TVB体"，大不了你觉得这是让人无力吐槽的冷幽默。但是他非常严肃，非常投入，非常认真，你就只想用饮料泼他，然后扬长而去。

我另外一个很好的朋友也是这样。要说钱，有的；要说好工作、高学历，有的；要说人品吧，其实也挺好的。但是你真的不想跟他待在一起超过半小时，因为实在是太无趣了！半个小时之内，他一定会跟你谈股票、谈投资，说得大家了无生趣，直打哈欠，当别人好不容易把话题转移开，他就一副不感兴趣的样子自己刷手机。其实有时候我觉得他也不是在装×，他只是原本就这么无聊和苍白。

另一个和他相处过几个月的朋友用“太可怕了”来形容他，我问她到底可怕在哪里，跟我说一说，她叹了口气说：“我已无法呼吸，我去度假了，拜拜。”然后她就去东南亚转了一圈，差点儿就坐了亚航。

什么太可怕了？就是闷、无趣、呆，没有共同语言呗。两个人谈恋爱本来是件挺美好的事儿，结果变成了学术研讨会，变成了自习室，变成了……我估计俩人亲热时候旁边都要放着一本教科书——《此种方法易受孕》。

为什么今天要把这种男人提出来讲一讲呢？因为这种男人在相亲市场上极度地讨妈妈们的喜欢。妈妈们会说：“要人品有人品，要长相有长相，娃还挺老实的，话不多，说的全是工作，居家过日子的必备良品啊！你必须选这种男人。”

我跟你们实话实说，我认识的、能一起聊八卦的姐妹中，但凡和这种男人结婚的，无一例外地离婚或出轨了。

幽默感简直就是催情剂，这是两个人之间完全不可以缺少的东西。不然就是你被他的认真严肃给吸引了、电到了，可以后的日子里，不能全靠那张扑克脸过日子吧。“装×”和“严肃”是禁不起时间摧残的，能长久度日的，唯点滴喜悦、感动，而最关键的就是幽默。讲真的，日子那么难，谁还想天天忧国忧民、忧股票?

所以说，约会的时候如果全程无笑点，那就不要再约了。之后就是摩擦摩擦，也摩擦不出魔鬼的步伐了。只能越“摩”越无力，越“摩”越想死。

而奇怪的是，有时候这种男人根本不服气你说他“全程无笑点”，觉得自己还挺幽默的，故意说一些笑话给你听，你听完却特想哭。

也许吧，这不怪你理解不了，也不怪他表达不好，只怪我们和这种男人就完全不在一个频道上。就算他家财万贯，你嫁过去，天天听着另一个世界的声音，也挺瘆人的吧，是不是啊!

严肃禁不起时间的摧残，

能长久度日的，

唯点滴喜悦、感动，而最关键的就是幽默。

爱与不爱一样毫无逻辑

扯这个话题是因为前两天有个老情人找我，问我婚后过得好不好。我说好啊，很好（说不好就是要勾搭他，你们如果想勾搭ex的话，他问你过得好不好，你一定要说下一秒就要死了）。沉默了几秒后，老情人说："我还是不明白你为什么要和那个鸡贼一样的男人生活在一起（此处无穷尽省略号）。"

萝卜青菜，各有所爱。你爱黄金我爱屎，是世界上谁也强求不了的事情——且不说黄金到底是不是黄金，屎到底是不是屎。

市面上有很多分析男人的书和文字，对于一个已婚妇女来讲，看完大多数是要"呵呵呵呵"的。其实那些分析不仅限于男人好吗？品德、修养、学识、胸襟，这是区分一个人是人还是鬼的标准，对女人同样适用。

如果你不幸找了一只狐狸、一匹狼，那么，so sorry，他们本来就不太具备人性了，他们做出的各种出乎意料的事情也不要在"人"的领域进行分析了。

那么，如果对方是一个完完全全的人，其实大多数时候，爱的时候都是爱得毫无逻辑的。因为“爱”这种高级情感，超越了理性。

在好多家庭伦理剧中，准丈母娘敲着女儿脑门儿恨铁不成钢地说：“你说说你啊，高学历，肤白貌美大长腿，怎么就看上那么个浑小子！你脑子坏了吗？”

阿姨，你看上叔叔的时候不也是肤白貌美的厂花吗？那时候，叔叔还在骑三轮车卖咸鸭蛋呢！

纵使这个世界上很多“狗”天天狂吠：“你们女人真是俗，只看钱，是个二代就想泡。”我却可以用比狗吠还高八度的嗓门拍着胸脯反驳说：“去你的！”

多金、帅气、优质男当然是会比屌丝男更容易吸引妹子眼球一点儿的，但至少我身边的大多数姑娘，看重的都是外表底下的那颗心——对自己好不好，有没有正确的三观，有没有负责的态度。至于外表与多金，是个加分项，却从来不是决定项。更何况，基本的物质条件是能力的体现，就是母狗都不会喜欢三条腿抢不到狗粮的公狗，有些屌丝，在狂吠女性同胞的时候，也该想想自己到底有没有哪怕一丁点儿的遗传优势。

说到这里好像有点走题了，扯回来。我一个好朋友年纪也大了，最近相了个各方面都挺好的男人：房子，二环内；车，七位数的；离异无子，名校毕业又海外镀过金。此男对妹子可谓一见钟情，妹子和他约了几次会，实在是处不下去，就说大家还是做朋友吧。

要让妹子说这个男人到底哪里不好，她也说不上来。嫌他离异过？也不是，此男和前妻毫无瓜葛。妹子家里人都疯了，说："你也三十了，你看人家男方三十五都离过婚了，你多失败！你看人家条件好，对你也好，你为什么就不喜欢？"

唉，问题就出现在"你为什么就不喜欢"上。

你有没有爱过一个人？你有没有恨过一个人？有！有爱就有恨，心痛心碎心酸谁没有过。

但是，你有没有无论怎样都无视一个人过？有！不管他是帅到像假的，还是有钱到不真实，你就是不喜欢，就是提不起兴趣。就像你爱过一个人，也恨过一个人，终于放下了，此生多提他的名字一次，都觉得无趣与烦，而再也不是心碎一样。

这让我想到了那首歌《因为爱所以爱》，反过来也一样，因为不爱所以不爱，连恨与讨厌这种情绪都没有。

爱与不爱一样毫无逻辑。就像我的老情人一直觉得自己条件好到了天上去——当然这是他的感觉，但崇拜与否却是我的自由。同理，相亲的对象条件再好，我看不上，你还非逼着我跟他在一起吗？这无异于十大酷刑，你还觉得是为我好，世界上最残酷的事情莫过于此了吧。

那么，如果你站在被家里逼婚的节骨眼儿上，被一群人拍打你不长眼、不识好歹地放弃了金龟婿的时候，可以把这一篇文章甩给他们看。世界那么大，就是无视你！

生活比我的话更刻薄
毒舌奶奶 著
毒舌奶奶 C.C.

如果不能愉快地玩耍了，那我们就分手吧

前几天，一个姑娘给我发了一封很长的E-mail，大概说的是她最近突然觉得好低落，觉得和混在一起的小伙伴们没有话题了，在一起就是喝酒、逛街、侃大山，还加了一项“炫富VS抱怨”，让她受不了。但是朋友约她，她还是会抽出时间来陪他们。可是，觉得好累，好像不会爱了，咋办啊？其实这很好办，看标题！但是我要说说对朋友的看法，请原谅我的话痨。

对于朋友这件事情，我在小的时候看得是十分重的。并且傻乎乎地老是记得一句话：为朋友要两肋插刀（是不是太血腥了）！

因为当时傻，两肋插刀倒是不至于，可背个黑锅啊，把压岁钱花光什么的是经常发生的。觉得自己有一堆朋友，特别有安全感，特别自豪，有一种自己是女中豪杰的错觉。直到试图为朋友两肋插刀的我，不仅在自己摔跤的时候没人自插两刀来救我，还被“朋友”在背后捅了好几刀，才不得不反思朋友的意义。

年轻气盛的人往往喜欢扎堆在一起，一堆人喝几次酒、聊几个八卦

就是“朋友”，然后朋友的朋友也变成了朋友，天天混在一起。“有事儿找哥们儿我帮忙。”“有事儿你说话，只要开口，没有哥们儿办不成的事儿！”

于是，“朋友”成了构成自己世界安全感的一部分。寂寞了怎么办？有朋友！遇到难事了怎么办？有朋友！没钱了怎么办？有朋友！私以为这种错觉和“老娘有男人，所以可以懒馋傻、脏乱差”一样，是世界上最善良的谎言。

老生常谈一句话：世界上能给自己安全感的，只有你自己。至于友谊，是在自己沉稳、踏实、有主心骨的基础上的一种有效补充，仅此而已。

我有一段长达十年的友谊，它是这样结束的。

朋友小Z，十一岁上初中的时候我俩就“一见钟情”，少女时代简直就是无话不谈，什么八卦啊，暗恋啊，连大姨妈都好到完全同步了。高考的时候，我俩的分数只差了不到十分，我选了北京的财经类大学，她选择了上海的财经类大学。我以为这并不能阻隔我们的友情，我们这么投缘，友谊一定天长地久，选品位相同的男人，买审美差不多的衣服，过着层次差不离的生活。刚上大学的时候，我俩每周起码煲一小时电话粥，大事小事甚至院里有几个帅哥、几个极品都要拿出来说一说，分享各种八卦。九月份才新生报到，我们就约好“十一”她来北京，元旦我去上海，这和热恋中的小两口有什么区别啊。

但是变化是不经意的，量变的过程就不说了，因为不在一起，自然有自己的大环境，至于质变到“友尽”的事情，就是以下这种琐事了。

北京和上海不同的文化氛围，迅速地让我和她的三观发生了变化。也许因为当年我们不过十七八岁的年纪，太容易受外界的影响而改变自己。在上海的她更看重钞票，在北京的我更看重“文艺”，于是我和同学逛南锣鼓巷、淘动物园，人家要去刷牌子、喝咖啡；在上海的她更看重男人的钱包，在北京的我更看重男人的智商，所以在交男朋友这个层面上，我彼时的男人在她彼时的男人钞票的衬托下变成了一个三无屌丝。

三观没有对错，只有合拍与否。而朋友之间，三观不合拍了也许依然会有交集，比如说逛街刷夜之类的酒肉朋友，要什么三观合拍啊。但一个人试图用自己的三观去改变别人的三观的时候，就只能发生两种情况：一种，我选择的——“友尽”；另一种，很多人选择的——一边骂一边忍，为了那么多年的交情，为了不撕破脸。

小Z开始说我是个没有品位的人（Really？），说我选择没有钞票的男人是对人生的不负责（可是她后来和那个有钞票的男友分了），站在朋友的角度，她劝我亡羊补牢为时不晚，要烫烫头发（Why？），要做做美容（I don't need！），要参加Party（Where to go？）。

在开始的时候，我也有给我发邮件的小伙伴一样的纠结：这是十年的朋友啊，我应该将就她一点儿，高昂地唱着友谊之歌和她手拉手地往前走。然而你会发现，你越来越累。任何一种情谊，不管友情还是爱情，如果让你觉得除了累，没有任何愉悦，那它一定是错得离谱，只能删除。于是我选择了删除，某些小伙伴选择了自己纠结痛苦，然后给我写邮件，这有啥用啊，我又不能拿刀替你割席断交。

回归到朋友这个问题，其实我也经历过屁股着火一般身边少人就要到处流窜，一定要扎堆的人生阶段。现在想来，不过是因为浮躁到片刻的独立时空都没有。那种情况下，要找的不是朋友，只是一个消磨时光的陪伴。至于那些多年相处却渐行渐远的人，其实谁都没有错，错的是，大家都是彼此的匆匆过客，交集的那么一段时光，是合拍而对味了，至于后来错位了，还硬要在一起以朋友之名互相浪费时间，那是对时间的亵渎。

现在才觉得古话说得对啊，君子之交淡如水。能交就交，不能交，各回各家，各找各妈，谁也不是谁的不可替代。一段食之无味的友谊，就别稀罕地拿在手里了，弃之，可惜也是暂时的。

百无一用是深情

我在微信公众号上放了我家二丑的一篇文章——《是时候好好谈谈爱情了》，老实说，我看了觉得很惭愧，因为我就不怎么会好好谈谈爱情。

其实不是因为我多么超脱，而恰恰是因为在这方面，我比较胆小。我一直自诩自己的男性基因比较厚重，但是前两天看了些东西，关于人类进化之说，我才发现原来自己真的特别娘们儿。

男人之所以对性看得比较开放，也来得比较轻易，是因为播种自己基因的成本太低了。从繁衍的角度来说，生物总是希望自己的基因延续。男性延续基因，你们都懂的，只要那么几下就行了。而女性，要孕育，要生产，要哺乳，要抚育……这个成本太高昂，在漫长的生活中，甚至是要搭上性命的。所以在选择对象的时候，女性自然而然更加谨慎，要选基因好的，要选可以在身边保护自己的。所以，男要上床，女要谈爱。

谈爱，谈什么？谈能不能获得安全感，和这个男人在一起，他会不会照顾你生产、哺乳、育婴，把优良的基因延续下去。别把爱情看得多么玄妙，说到底，女对男之爱，不过是此男能不能在一个点或者几个点上给你以上的安全感。也许是他智商高，也许是他情商高，也许是他祖上有钱，也许是他有肱二头肌……这个刺激你爱上他的点，就各花入各眼了。

对我而言，从小到大，我都喜欢成绩好的男生，大概我在进化树上爬得稍微高一点，知道已经21世纪了，光凭muscle怎么打天下啊！然而我的爱情太闭塞了，几乎没有主动出击选择最适合的对象，而都在被动找上来的对象里挑挑拣拣，包括我家狗娃他爹也不过是这么被我挑拣出来的。这不是因为我高冷，大概是因为我骨子里害怕受到伤害，害怕失败吧。可能我的基因里就写着：主动出击会带来毁灭性的摧残，在送上门的里边挑选，会使轻松顺利繁衍后代的成功率提高N倍。

有时候，我在网上被人当成“恋爱导师”，现实中也经常被失恋的妹子拉出去“求开导”，其实自己特别惭愧。我之所以不痛苦，是因为我几乎没有全身心投入过。我那些扯淡的感情史，说白了，蜻蜓点水一笔带过，在一起的时候就做好了分开的打算，所以即使难受，即使当时受到了伤害，自我修复能力堪比五星级，不出俩星期就好了。有人说我过得无趣，人不像人，我却觉得我这样过“真真是极好的啊！”有幸生在这么一个高科技、高转速的世界里，除了繁殖后代和为繁殖后代做准备，我总得干点别的啊，不然我投胎成猪就好了！

我的词典里，从来不敢把爱情当作头号大事儿，甚至，二号、三号也不敢放上去，总是尽量末位、末位、再末位。

昨天被朋友拉出去听她诉苦，回来收了几封邮件，奇了怪了，邮件的内容都是失恋了，几乎全世界都背叛了她，她快要活不下去……在我看来，失恋的理由大同小异，不外乎外在原因不合适了，内在原因不想要了，总之，就是不能在一起了呗。但能难受成那样，死去活来的，这不能怪渣男太渣，只能怪自己把渣男带给你的世界看得太重。

我在生活里是个乐观主义者，而在爱情世界里却是个十足的悲观主义者——和有些姑娘恰恰相反。有的萌妹子总觉得，生活上的努力能达到的效果很微小，然而在爱情里，只要遇对了人，就算全世界都背叛了你，他也会站在你身边陪你背叛全世界。

容我“呵呵”一下，这不可能啊，这不科学啊，这不合逻辑啊！历史上美若天仙的那些美人们且在男性世界里被当成政治和战争的陪葬品，那么平凡的你我，何德何能可以遇上一个违背自己基因密码把你看得大过天的靠谱男人？

女人的悲惨在于，需要保护，却总把保护的责任推给不靠谱的男人。可是即便这个男人靠谱，他无条件、无年限地保护你的概率也几乎为零。

可悲的是，很多人总是活在这种期冀里，一次又一次受到打击，经历失望，却一次又一次努力地站起来迎接下一次打击和失望。

在我看来，我是玩不转爱情的，爱情里不可控的因素太多太多，我无法控制他永远爱我，无法控制他只爱我不爱别人，无法控制他永远在身边的男性群体中表现出众而不辱没我的爱情……以上这些，都不是我能控制的好吗！

所以，得在心里做个坏坏的打算。这个坏坏的打算是什么？不过就是没了爱情，失去了爱的对象后，人生的游戏该怎么玩？该如何好好玩？

也许我活得的确是无趣了些，但是不花费太多精力在爱情里，有趣的事情也是相当多的。只不过太多的女生，被太多的渣男牵扯了太多的时间和精力，甚至整个青春，使她无暇发现而已。

你可以去玩转爱情，但是真的玩不转的时候，得有本事玩转自己啊！

也许我活得的确是无趣了些，

但是不花费太多精力在爱情里，有趣的事情也是相当多的。

即使心甘情愿，也要适可而止

昨天我堵车堵到吐的时候接到朋友D的电话，一下子就不想吐了。因为电话那头半天一点声音都没有，像悬疑片的开头，好紧张、好刺激，然后好不容易冒出点人声了，却只有“嗦嗦嗦、哼哼哼”的声音，好几分钟之后，她才突然哇的一声哭出来。

这个D，我俩关系好到可以穿一条裤子。我刚毕业那会儿，她是一个给我阳光般温暖、大树般依靠的万能好姐姐。帮我租房、应对麻烦的同事，在我和狗娃他爹吵到想要拿刀互砍的时候出来充当和事佬，让我一度有种错觉，哪怕我可以没有狗娃他爹或者其他男人，我也不能没有温暖牌D姐姐。

但是D姐姐可能因为是女博士的原因，所以在感情这方面开窍得比较晚。感情方面开窍晚不是好事啊——一个三十岁的大龄女青年，带着一颗粉得流油的少女心，去面对一个年纪比她还大的内心装满了算计戏的已经阅女无数的大龄男青年，这很容易受伤后一秒变李莫愁的。

D姐姐就是这样遇见了她的陆展元——Y哥。Y哥高，帅，富不富我不评价，油嘴滑舌，经验丰富，在女人堆里相当混得开。这种陆展元式的“欧巴”，可以分分钟秒杀才从古墓里跑出来的李莫愁式的D姐姐。

Y哥当然知道D姐姐对他有意思，Y哥这个人贱就贱在只要女人表现出对他有意思，他一定丝毫不高冷地礼尚往来。于是，D姐姐陷入爱河了。

D姐姐的物理条件是很不错的，在“灭绝师太”中算得上肤白、胸大、头发黑，工作也好，家庭也很和谐。Y哥不是没有考虑过和D姐姐结婚，双方也见了父母，父母也觉得合适。但是Y哥并不甘心，作为一个风流浪荡子，突然要和一个“师太”喜结连理，回归老婆孩子热炕头吗？他可能哭丧着脸在内心呐喊：“我做不到！我还没有玩够！”

于是，Y哥对D姐姐时远时近，时冷时热。D姐姐这边，就是被玩成神经病的节奏了。热的时候，简直幸福到天上去；冷的时候，下一秒就要死。

女人对男人忽远忽近，可能是耍耍脾气、闹闹小性子，或者手贱测试一下男友的爱情指数。但男人对女人忽远忽近，只有一种可能——他没有那么爱你。

D姐姐再也不是那个温暖牌傻大姐了。她掏心掏肺地对Y哥好，给他织毛衣，下午四点就炖好滋补养颜粥，一个taxi打到Y哥公司楼下等情郎下班。

虽然我们都看出D姐姐用力过猛未必会有什么好果子吃，但D姐姐说：“等他的胃习惯了我的手艺，我们就再也没有矛盾了。”

Oh！Really?

D姐妇这次哭诉的是Y哥突然一礼拜不回短信、不接电话。我有一种不祥的预感——Y哥可能要悔婚。但D姐姐却担心Y哥睡了妹子，被妹子“软禁”起来不跟她联系……这可怎么办啊？是不是要打电话报警？

D姐姐您搞笑呢！虽然睡妹子很有可能，但是“软禁”……可能是她想太多了。

D姐姐在这段感情中的输局几乎已经注定了，而她的犯贱似乎还远远没有结束。今天我一爬起来就看到D姐姐的朋友圈转了一堆女性情感鸡汤文，一副受伤怨妇寻真爱的气息扑面而来，让她这个受了将近十年高等教育的人愧对祖师爷。

D姐姐刚才发微信来问我：“你是不是觉得我很贱？”

我说：“是。”

她说：“怎么办？我也知道我很贱，但控制不住想犯贱。”

我没有回。

犯贱这件事儿，怨不得Y，也怨不得社会，犯贱是件心甘情愿的事情。因为心甘情愿，所以没有人能强迫你，更没有人能阻止你。

也许某个午夜时分，你突然觉醒，才发现：姐姐我怎么贱成这样，Y你给我滚！但也许一辈子就真的如同李莫愁，先是爱上了一个贱人，爱而不得再用一辈子时间去复仇。哦，复仇？其实换个角度看，难道不是犯贱？

你我他，都爱过，错过，贱过。

不求此生不错爱，不犯贱，但求贱得适可而止，“贱”好就收，才不会期期艾艾度过这一生。

他过得好不好，都与你无关

前几天有个粉丝给我发微博私信，问我："虽然已经和前任彻底结束了，为什么看他过得好还是不开心，是不是我心理有问题？"

微信群里也有妹子说："哎呀，前男友家又买了一栋别墅，受不了，不开心。"

我说你们还真是容易不开心啊！

我有一个初中同学，心高气傲得一塌糊涂，可是在她同桌——我的对比下，就显得高傲不起来了。论学习成绩，我比她好太多；论琴棋书画，我拿各种奖拿到手软；论男生缘，那会儿我胆子小，从来不敢主动出击，但是她喜欢的男生后来跟我表白了——这并不是我想要的结果好不好。

人比人，得死；货比货，得扔。

你是那个让人想死的，还是自己想死的，关键在于你和谁比。虽然后来我曾经无数次跟别人比到想自杀、想跳楼、想喝敌敌畏、想挖坑自埋，但是，只要不太差劲，我同样会让别的人有这种感觉，我就是这么任性。

高潮来了，我和那位同桌的交际结束于她喜欢的男生跟我表白。然后，十年，整整十年，她都没有放下啊！

当年玩校内网，她屏蔽了我，我看不到她的主页，但是她三天两头来看我的主页，看我有没有毁容啊，有没有分手啊，有没有考试不及格或者被老板扫地出门啊——校内网也不知道为什么就没有研发一个浏览别人主页不留痕迹的功能——然后还跟我好朋友打听我混得怎么样啊，男朋友是什么样的，帅不帅、收入高不高啊。

然后很不巧，她后来谈了个男朋友是我的好朋友——跟我又有什么关系，但她很不爽，逼他男朋友拉黑我。

后来，那个男朋友被她踹了，据说她找了个富二代。我的天哪，当一个人想让你看到她的消息的时候，她一定能让你看到。于是，我那一阵子无论如何都能知道她找了个有钱人，准备结婚以后出国读书。

当时我也不爽了一下，其实，我现在也不知道我到底为什么不爽，但是心里就是不爽，大概是觉得：她凭什么可以找富二代啊？

我的这种不爽和那些得知前男友过得好而不爽有异曲同工之妙，所以你们有没有脑洞大开一下就明白了一些问题？

前男友也好，莫名其妙地在内心里整整斗了十年的奇葩同桌也好，其实都是和你关系不大的人，为什么人家一过得好、一有好消息你就不开心？

第一，你不爱他/她。你如果爱他/她，难道不应该贱兮兮地唱着那首《只要你过得比我好》吗？

第二，你小气且不自制。这种小气可能是天生的，就像女人的嫉妒心是天生的一样。但如果不加以克制，就会成为一个极品。分手以后，你总希望他被证明是个烂屄货，你及时止损是多么英明伟大。但一不小心，你知道他过得好，垃圾股瞬间变潜力股，过早抛售的你怎么能受得了？

第三，你无聊。亲身经验告诉我，别有事儿没事儿地去看ex的微博、朋友圈，我以前就喜欢干这事儿，经常吐血而归。人家才不会把过得不好的事儿拿出来发到社交网络上呢，肯定要秀甜蜜、秀幸福啊。所以这不没事儿找事儿嘛！解决方案很简单：拉黑他，再看就剁手。别活脱脱变成一个无聊的极品前任。

那么，怎么解决你不爽的问题？把上面三点想明白了，大度一点，充实一点，前任和嫉妒的各种对象自然不再是你的困扰。

好了，最重要的是，你别感觉不爽就以为自己放不下他，还爱着他，扯淡啊！这明明就和我的极品同桌是一样的，我相信当年我的校内网主页让她血都快吐光了，你说她是因为爱我？No，她是嫉妒加无聊。你听到前男友的消息就吐血，也不是因为爱他，是无聊加猥琐。你的龌龊目的就一个：分手了买别墅也得写我名字！我可以不要你，但是我一定要花你的钱！可以不睡一张床，但是军功章一定要对半分！呵呵呵，这种好事儿如果有男的愿意的话，请一定告知我，我组团把他们全部拿下，从此大爱无疆。

虽然已经和前任彻底结束了，

为什么看他过得好还是不开心？

当爱辜负你的时候，还有什么比吃更重要

如果你是因为一种味道记得一个人，你就很难忘记他。比如，小时候我外公总喂我吃大白兔奶糖，所以现在我闻到奶香味的东西，就会想到他。比如，米莱被陆涛劈腿之后，再也不吃冰激凌。比如T小姐……

T小姐喜欢N先生。彼时，T是高中女生，N是她的老师。其实现在看来这种爱恋相当正常，他永远高高在上，在讲台上激扬文字，稍微再帅一点，就可以轻松俘获半数女生为之花痴。

各方面条件还算凑合的男老师，也许是我们成长历程中第一次出现的“大叔”，当仁不让。但和很多有关大叔故事的不同之处在于，老师与少女的感情，有更多的禁忌。你既不能去扑倒他，他也不能来扑倒你。这层蒙着面纱的情感，比你成年后的情感，多一些神秘，更多一点渴望。

T的少女时代就在对N的花痴中一天天度过，不过我们都没在意。因为高中时代不管是初恋还是暗恋，都会在大学这个神奇的地方迅速地土崩瓦解，然而T没有。

T把所有对N老师的爱变成了日历上的若干排列组合：教师节、中秋节、端午节、春节……在各种节日里给老师发短信，不露情绪，但让你记得我。而情人节、他的生日、七夕……她又只能逼着自己无视，不能发短信，不能吭声。

N老师的回复，通常只有“谢谢”两个字或者干脆啥也没有。但即使是这两个字，也会长时间地保存在她的爆款诺基亚里，留着她一人在角落里时哭时笑地翻看。

因为永远说不出口，所以永远得不到肯定或者否定的答案，暗恋变成了一部耗尽心血的悬疑剧，总想让它未完待续。所以，T小姐会对我说：“我并不痛苦，最好的感情都是求不得的，求之不得。”

T说她对N的喜欢是有罪的。N有家、有孩子，N是老师，N从来只把她当学生。不过，感情里的思想犯如果要进监狱的话，世界上大概就没有居民楼了。但心里那份关于感情的罪，却会像无比坚强的虫子一样蚕食人的底线。

T小姐的本科四年，关键词中最关键的依然是N老师。而N老师对T小姐短信的回复，也从“谢谢”变成了“你最近过得怎么样，学校伙食好吗？有没有男生追你？”

对于湿柴火，火柴无能为力，但是面对已经被单相思熬成一堆毫无水分的枯草的T，别说火柴，一个火星就能成就火灾。N适时地扮演了这个火星，让T小姐无所适从。

因为有了回应，一切都开始失控，T的情绪变得飘忽不定，她会在半夜打电话到我宿舍对我哭一通或者神经质地笑个不停。

T说：“怎么办啊？”我说：“你敢对N下手的话我第一个跟你绝交。太扯淡了，暗恋不是错，你去勾引一个有家室的老师可就天理不容了。”

T有无数种理由说服自己往前踏上一步或者往后退一步，在一起或者离开他。但最终却什么也没做，在把自己折磨到神经质的情况下还轻轻松松地进了P大法学院。这就是T。

故事如果到此结束，是一段佳话：一个女生暗恋自己的老师，激励自己“好好学习，天天向上”，然后找到一个高富帅作为归宿——都可以写进成功学了。但生活告诉你，成功学什么都不是。

T进了P大，也终于走进了N老师的生活。

我很能理解N老师的没有节操：一个女生，突然跑过来告诉你我喜欢你七年了，现在还在喜欢你。而这个女生，退去了青涩变得成熟有范儿，要命的是，她还有点小才华，更要命的是，她说她长这么大，能打动她的只有你……

这太可怕了。

对于一个遭遇中年危机又不够坚定的男人来说，T的一切就是一场策划精准的定向爆破，一击即中。但我不能理解N的没有底线，您可以暗爽，可以动容，但你不能行动。

心动不能行动，是底线。守不住底线，就是伤害。

但是对于彼时的T小姐来说，那是悸动却雪藏多年后最滋润的补偿。地下的、偷偷摸摸的，恋爱。

我看过T小姐和N老师的信，不得不承认，连我这么铁石心肠的人也会鼻子酸酸的。

求之不得是美的，得而必失是苦的。没在一起，讨论道德和禁忌是有意义的，真要已经纠缠在一起，外人能做的，只有祝她自求多福，因为你再多说她什么，她也不会听得进去。

N老师的厨艺很好。他们短暂的逃避一切世俗的蜜月期，N老师给T小姐做过很多道菜。T小姐记得菜里所有细枝末节的滋味。

短暂的蜜月期结束之后，T不得不面对她爱情的结局——N后悔了。N老师不是君子，也算不上伪君子。这世界上大部分的男人皆是他那样，好的他不是不想要，但让他付出伤害自我的代价，他会纠结片刻，然后保护自己。在这一点上，女人比男人要更决绝也更勇敢——我不知道上帝为什么这样设计情感大纲。

T小姐还在规划着从P大毕业后就跟着N去另外的城市，大不了她来养家，大不了她被人唾骂，她不在乎。而N老师，默默地关掉了手机，从她的世界里毫无声息地消失掉了。

寻找、疯狂、冷静、绝望，再寻找、疯狂、冷静、绝望……如此几个来回，是每一个被如此对待过的女人不可逃脱的路。

T小姐终于还是自己救赎了自己，然而却厌食了，瘦得像个鬼一样。因为N老师给她做过的，竟然是每天都逃不掉的——食物。

她说过，因为爱上一个人而爱上的味道，很难再忘掉了。最要命的是，这个人还把味道混着毒药下进你的饭菜里。

怎么忘？拿什么忘？她做过无数的尝试，最终回归到每一个普通女生的生活：读书，找工作，找对象。

她闪婚，毕业就结了。老公是P大同学，其貌不扬，和N老师的风流倜傥相去甚远。

她说："为了结婚而结婚，是最悲情的婚姻了。"
我说："你自找的。"

再次见到她是在她家里，她又胖回了圆润的境界，苹果肌、双下巴、拜拜肉，甚至略显夸张。

她的老公虽然个儿不高也不帅，但聊上个三五句，你就不会讨厌他——"腹有诗书气自华"可以诠释这种矮冬瓜追妹子的奥义。

T小姐厨艺了得，随意炒几个菜简直可以秒杀各种"地沟油"，这还是三年前厌食到快要死的T小姐吗？

在她家里是可以不提当年那段往事的，还是她自己说的："迷啥不能迷感情，饿啥不能饿肚子。"她老公跟她相视一笑，两人看起来都相当"猥琐"。

T小姐跟我说，她老公非常清楚当年她的那段不堪回首的往事，大度的男人不会在意，既然他都不在意，他们都不在意，她自己又何必再在意。

在鸡汤香气的氤氲里，T小姐乐呵呵地说："'不负如来不负卿'是扯淡，最后只能又负如来又负卿。唯有爱与美食不可辜负也是扯淡，在爱影响到美食的时候，当然要为了美食抛掉爱了——还有什么比吃更重要。"

我想，在那撕心裂肺的伤痛中，T小姐杀了她的爱人，也杀了那个在日历本上排列组合对手指纠结的小女生。

重生之后，她粉碎了记忆，才发现，在这世界上，还有什么比爱自己更重要呢?

最好的感情都是求不得的。

任何以“自由”为名的不负责任都是耍流氓

我有一个闺蜜被一个男人劈腿，结果对方给的理由是：我不是不爱你，也不是不想对你好，我只是想要“自由”。如果你爱我，就要给我自由。

这个自由的隐藏意思是：你要给我和别的女人在一起的自由，之后还能回到你这里的自由，回来了还能接着出去玩的自由。

你觉得不可理喻，简直想拿刀戳死他，他还自认为高尚得很，认为你是俗人，无法理解“若为自由故，二者皆可抛”。

所以，我现在顶烦别人跟我提“自由”两个字，尤其是用“自由”之名来绑架你。比如说我要招个编辑，前一阵子收了不少简历也面试了几个，有一个谈得蛮好的，临了他说：“第一呢，我早上起不来，所以我迟到不能负责任；第二呢，周末肯定是不能加班的，我自己有安排；第三呢，我时不时是要出去旅行的，所以不能保证活能按时干完。”

我正在心里暗骂时，人家又总结了一句：“没办法，我是一个追逐自由的人，希望你能理解。”

哎呀，我的天，你要追逐自由还来找什么工作啊，浪迹天涯不是很好嘛，但是人家又需要钱。可你裙摆一飘，追逐自由去了，剩下的烂摊子难道没有影响到别人的自由吗？

综上所述，现在一些人说的自由，根本就是懒惰，不负责任。但是又不愿意承认，反倒冠以“自由”之名，他对你造成什么损失和伤害你都觉得无所谓，反正你不能伤害他的自由。

就像权利和义务相辅相成一样，自由从来都不是为所欲为。到底什么叫自由，这是一个政治、经济、哲学、法律、社会学的多交叉学科命题，我没本事解释。但任何以“自由”为名的不负责任都是耍流氓。

谈恋爱，既然成了男女朋友，自由是有的，但责任也是有的。你可以劈腿，但别劈得理直气壮，好像谁指责你劈腿谁就干涉你自由一样。结婚也是一件历史悠久、稀松平常的事情，那些谈了好久恋爱却死活不愿意结婚，怕失去自由的人，也多半是没做好对对方负责，接受《婚姻法》约束的心理准备而已。谈什么“自由”，真是假高尚。其实，愿意劈腿就劈腿，愿意滚蛋就滚蛋，但别把自己放到道德制高点上。

工作、事业也是。即便是铁饭碗也是来去自由，但不好好干活，领导不给你升职、扣你工资、让你回家，同事翻你白眼儿也是人家的自由。不要说：“你们这些人，凡夫俗子，天天庸庸碌碌地瞎忙乎，不懂什么叫自由。”如果自由就是一场说走就走的旅行，一场扔下亲朋，扔下工作，扔下一切责任拔腿就跑的任性，那我估计“自由”的人类，早就灭绝了。

全赖“把自由当枪使”的伟人们。

“我想你”到底应该怎么表达

“我想你”应该怎么表达？据说知乎上收获最多的答案是“你干吗呢”。

对这个答案我持两种看法。第一种：狂赞。很想一个人又不知道如何表达的时候，用“你干吗呢”进行勾搭十分地隐晦有效。既能得到对方的回应，自己又不会很局促。

第二种：去你的！事实上，问“你干吗呢”这种话，包含但不限于表达“我想你”，还可以表达“我很无聊”“晚上一起吃个饭啊”“哥们儿，我可能找你帮点忙啊”。比如本人在收到“你干吗呢”这种问候的时候，第一时间脑海中飘过的是“拜托不要找我借钱”。

所以，到底怎么表达“我想你”，这是一个问题。

前几天跑步的时候看《撒娇女人最好命》成功地看吐了，电影想表达啥？女汉子终将抱得美男子，撒娇女全部是“心机女”？

但是有一点是值得深思的——真的有周公子（周迅）那样的女汉子，因为太含蓄，又太汉子，最终把已经到嘴边的汉子给搞丢了。

货比货，得扔；人比人，得死。

我身边有两个姑娘，A和B。A比B智商高、长得美、能持家、会讲道理，A如果能打八十五分的话，B就只能不及格了。但是B成功地谈了一个又一个对象，轻易嫁给一个八十五分以上的男人。A呢，至今还在骂“男人瞎眼啊，眼瞎啊，色盲吧，白痴啊！”

以我对A的了解，这不是因为男人色盲，而是男人无法对她动心，或者说，男人即便对她动心，也只限于“内心戏”。

比如说一起出去喝酒，A那么能喝就算了，喝完还不醉。她不醉可以装醉吧，她还不装，还说没事，还可以接着喝，于是她把所有人都喝挂了，再一个个送他们回家——这里面还包括她的“男神”。事实证明，酒后无法乱性啊，男神晕得连钥匙都找不到，更别说脱裤子这种高难度的工作了。于是A失落了，觉得男神酒后都不对她乱性，她的自尊开始发酵，于是她换了个男神……

据我所知，二号男神对A也蛮有意思的，勾搭啊、暗示啊我都听出来了。但是A说那不算，“约你聊人生聊理想算什么暗示，小毒你也和我聊人生聊理想啊，但是你爱我吗？”于是二号男神暗示、暗示、再暗示，她都是一副“我看不见，我看不见，我看不见”的表情。二号男神也终于抱得别的美人归……

世界上有一种最惨烈的女汉子——她们的外在太汉子，而她们的内心太收敛。男人不强推她，那就不是明确表示爱意，不写万字情书，那就是不上心。但是，这世界上有几个何以琛啊！爱情和奸情一样，都要勾搭来勾搭去，几个回合以后才会有下一步的。

霸道总裁可遇而不可求啊。偏偏你看上的男人不是基佬就是娘炮，稍微正常点的，在对你屡次暗示都惨遭白眼儿的情况下，也没有勇气打无准备之仗。所以人家默默走了，身边自有会勾搭、会抛媚眼，懂得勾过来再推出去，推出去再勾过来，几个回合就搞定男人的“心机女”。你说你一个女汉子，就算颜值比人家高几分，也没有什么胜算啊！

但是你又偏偏想要个男人，你问：“我怎么办？”其实很简单，你觉得一个男人靠谱，他又确实对你暗示过三次以上的话，如果你想他的时候，不要再说“你干吗呢”，你就说“我想你了，今晚可以的话我们‘困’一觉吧”（你们可以用或文艺或复古或惆怅或哀怨的文体表达出来，尽量不要与日常差距太大，不然吓坏男神是要负责的）。

“困”完之后，他八成就是你的人了。如果亲测有效，记得请我喝喜酒。

学会把一个人放在心里，偶尔想想而已

以前鼓动过妹子们将男神扑倒占为己有，很多妹子因此爱上我。但是，扑倒男神仅限于男未婚、女未嫁，双方物理条件不要相差太大的情况下。你如果去扑倒一个有妇之夫，或者扑倒年纪比你爸还大的离异丧偶男教师，甚至扑倒未离异、未丧偶的骚气大叔，显然就不合适了。

我听过很多妹子哭诉一个主题：爱上一个不该爱的人。

不该爱，又分为几种类型：

1. 一方或者双方都是名花有主，爱情冒着极大的社会舆论风险。
2. 你爱他，他就是怎么都不待见你。
3. 你爱他，他只是勾搭你一下，若即若离，若隐若现。

……

其实爱情是没有对错的，化学反应来了，也不是可以控制得住的，所以就算你真的无法控制自己爱上了一头驴，那也不是你的错，但你不能和驴谈恋爱，也不能和驴结婚生子……所以，爱上一个不该爱的人本身并没有错，但如果你还非要飞蛾扑火，那么我觉得你脑子有病。

T小姐是我好朋友，她说她非常痛苦，因为她爱的人虽然爱她，但爱得不够深，不愿意和自己女朋友分手，不愿意和她结婚。反正男方的意思是：我爱你又能怎样，我还得回去哄女朋友开心。虽然我爱你，但我离不开女朋友，忠诚和爱情我难以选择……

渣男的嘴脸都是这个样子啦，但是陷入爱情中的T小姐就算咬牙切齿地诅咒他一百万次，渣男一个温柔的眼神抛过去，她还是会为爱宽衣解带吃避孕药。痛苦就像一个死循环，怎么都绕不出来。

T小姐说我没心没肺，说我不懂爱情，说我没有爱情所以没有痛苦……

T小姐错得太离谱。所有人都会有爱情，但是有一部分人的爱情换来痛苦，有一部分人的爱情换来一点惆怅罢了——我就属于后者。

本人也曾经（曾经哦）不可免俗地爱上过不该爱的人，或者说有过好感吧。这到底是种怎样的感觉呢？就是你其实知道不可能，但是你所有的自控因子都会在这个人身上失控，你明明有判断力，但是你所有的判断逻辑在这个人身上都失效——这个人让你就是这么蠢到任性。

这几乎是一种人类通感吧，如果你一辈子没遇上过这样一个人，那么也挺遗憾的。But，如果遇上了还不能和他在一起，就更遗憾了。

但是，有的遗憾，你不去争取是可惜；有的遗憾，你非要去填补，那就可悲——比如说不属于你的爱情，不管是因为上面哪一点。那么问题来了，怎么办呢？

经过N年的观察与自我观察，这个问题被我化繁为简，答案就是——不要去勾搭！

比如说T小姐，不管她和渣男是什么原因勾搭上的，但是既然已经明确知道这是一段伤痕累累又不会修得正果的恋情，那么，干吗有事儿没事儿地勾搭他？不要说什么我不理他啦，是他来找我的啦……骗鬼啊！任何奸情都是双方的，任何勾搭都不会在一方长时间无回应后还继续。

那么，不去勾搭，拒绝他的勾搭，就是最物理、最机械的第一步。

说得容易，其实挺难的，特别是在你心里有他，他又时不时给你发个天气预报、买个淘宝爆款的情况下，感动的眼泪真的可以浇灌小树苗了。但是，那又怎样？他能浪子回头和你结婚？浪子一辈子都在浪，而一个不想结婚的人，就算和你结婚了也绝不会给你幸福。平时你需要有十分的理性，但在爱情里，其实你保留三分理性就赢了，因为大多数人一旦爱上，就毫无智商。不要干拉黑名单这种幼稚的事情，就放在那儿，哪怕你一天看一万次，就是剁手不联系，他的信息来了一万条，你就是忍住不回，那么恭喜你，你赢了。

那么下一步也是长久的一步，就是不要大谈爱恨情仇。不见面，不聊骚，不唾骂，不悔恨，把他放心底，让自己忙起来。关于他，不谈，绝口不谈。好的坏的都不说，时间长了，他就是幽灵，也能消散大半了。没有人专情到海枯石烂，也没有谁值得你为他等到海枯石烂，既然彻底忘掉不可能，那平时不要有事儿没事儿地念叨总做得到吧。

爱情里没有对错，对方再渣，爱上他也不是你的错，错的只是你不可自拔的那种蠢劲儿。暂时把他埋起来，尽管你会一度认为离开他世界就变成了灰色的，但不是这样的，你会发现若干年后你的世界依然是彩色的，而关于他的记忆是朦胧的。偶尔想想，提醒自己即便已经是心如钢铁的女战士，也还有那么一段文艺忧伤的、不可说的过往也挺有意思的。

在爱情里，其实你保留三分理性就赢了，
因为大多数人一旦爱上，就毫无智商。

对不起，我真的不爱你

对一个面目可憎，手段恶劣，泡妞不带钱包，吃蒜不刷牙，接吻还能拖着鼻涕的猥琐追求者说出那个“滚”字是容易的，逼急了“杀了他剥掉皮卖了熬阿胶”也不是不可能的。

对一个帅出了地球，学识渊博，富甲天下，在“装×”与“逗b”之间切换自如的男神说一句“对不起，我爱你”也是容易的，千颂伊那么女神都可以说，我们为什么不能说。

然而对一个你说不上来他哪里好，但也绝对说不出来他哪里不好的人——想想在一起也能凑合过，但总觉得气场诡异，始终有种话不投机的感觉——和他在一起吧，不知道乐趣在哪里，不在一起吧，看他有房、有车、有心的，又弃之可惜。

我想大多数逃婚的姑娘都是遇到了这种情况：决定结婚的时候，觉得忍忍能过；真到结婚的那一天，思来想去，还是只能撒丫子就跑。

就算逃婚被捉了回来或者自己后悔跑了回来，然后结了婚，也会三天两头地感叹：“我当时就看出他的不好来了，为什么还要结这个婚，怎么就结了这个婚？”

我的小伙伴长颈鹿（叫她长颈鹿是因为她脖子长）最近就在烦这事儿，长颈鹿刚和前任分手，在寂寞空虚的时候遇上了梅花鹿（请原谅我毫无节操地起外号，梅花鹿脸上有色斑，由此而来）。梅花鹿是个很踏实体贴的男人，除掉色斑不说，人长得也还精神，个子也挺高，教育背景、工作背景什么的都蛮好；缺点就是——木讷、固执、单亲，还愚孝。

长颈鹿刚和梅花鹿谈恋爱的时候挺幸福的，梅花鹿估计是拿到了恋爱宝典之类的东西，礼物没少送，电影没少看，情书没少写。长颈鹿说：“人还行，就是待在一起别扭，没感觉。”

当时我还劝她来着：“感觉吧，一见钟情我是不信的，要相处着来。”但事后他俩的相处过程证明了——相处也不一定会来电的。

长颈鹿对梅花鹿的不满从梅花鹿的妈妈到梅花鹿的表妹、到梅花鹿看美剧会睡着、到梅花鹿睡觉前不刷牙，可以说对一切不入眼的东西零容忍。

长颈鹿蹬过梅花鹿不止一次，原因是梅花鹿把长颈鹿收藏的海报和明信片当废纸扔了，或者是梅花鹿在车里听蒋大为而长颈鹿在车里放摇滚……

后来她又被梅花鹿追回来了。梅花鹿哭着说“长这么大第一次遇上个想娶她为妻的姑娘还被她踹了”，还说他不能接受这个事实。长颈鹿跟我说：“他还能说出那么文艺范儿的话，当时心里一紧就把他拥入怀中了。”

然后呢？又是听音乐，又是价值观，又是品位不同……

长颈鹿说她不明白，很多人品位不同还能愉快地生活在一起，你看最近在放的《父母爱情》，那何止是品位不同，那是黑与白的区别，为什么还能在一起？还很美的样子？

我说很简单，因为人家品位不同，但人家爱意相投。你看梅婷傲娇地说：“谁说他没文化，字儿这么漂亮！”你看梅婷如何捍卫老公吧唧嘴……而你长颈鹿同学呢，发现梅花鹿的哪怕一点点缺点，都如获至宝般深入分析，恨不得从里面揪出分手的直接理由。等到揪出来了，又输给了寂寞——年纪已经大了，如果连梅花鹿都不在了，日子就真的不好过了。

前几天，梅花鹿和长颈鹿领证了，然后长颈鹿就去旅行了。她说她脑子乱，不知道人生走到了什么错误的轨道里，无法面对梅花鹿，也无法面对自己。

长颈鹿刚更新了朋友圈：结婚？离婚？一念之间？

真的不知道接下来还有多少故事。这个故事里，梅花鹿又做错了什么？

《来自星星的你》里面我最欣赏辉京的一点就是他对刘世美的态度：你喜欢我？但是我不喜欢你，本来我不知道你喜欢我，我们还能做朋友，现在我知道你喜欢我了，为了不给你留念想，咱们还是别见面了。多干脆！多利落！

当然，那是韩剧，现实中应该给那些并非一见钟情的人相处的机会，然而处来处去都没发现火花在哪里，只能说明你俩之间根本就没氧气——没氧气怎么燃烧？不燃烧怎么有爱情？你说单纯为了过日子、怕寂寞，想找个人过一生，如果你愿意如此也就罢了，如果你心有不甘，为什么就不能说一句“对不起，我不爱你”。

人是自私的，别人对自己的好总想无限期地用下去。有的好，你心甘情愿地想去还，甚至对人家更好；有的好，你昧着良心透支，用完就扔，还拉扯着人家不让走。仿佛自己才是游戏的设计者，永远的大庄家，你远了我拉你回来点儿，你太近了我再把你推出去点儿。你给我的爱意我收着，你抛来的媚眼我接着，你送的花我养着，你喂过来的美食我吃着，但，我不承诺给你什么，因为我们之间总是差一点火候——别自欺欺人了，你就是要玩坏别人才愿意game over的贱人，不管是你意识到了恶意为之，还是你没意识到的时候看似无辜的自我纠结。

两只萝卜，是不是能进一个坑，不仅要看萝卜品种好不好、品相好不好，还要看缘分。拒绝别人不是狠心，而是负责任；被拒绝了也不是魅力不足，只是各花入各眼，你没入眼，不代表你花不香。

总之，有时候说一句“对不起，我真的不爱你”，比说“滚”和“我真的爱死你了”还要难。为什么呢？对自己的感情和人生负责，本来就不是件容易事儿。

在爱情面前，矜持算什么

我有时候觉得自己很矫情，真的，虽然是一个已婚妇女但仍然时不时地犯点矫情病。比如说前两天我看了一部无语凝噎的电影《咱们结婚吧》，没错，就是高圆圆饰演婚纱店店长的那部，高圆圆那对情侣由于颜值差异过大我就不想说什么了。

我……我……我竟然在郑凯对陈意涵求婚那段热泪盈眶了，自己都被吓到了——我是怎么了？戳我泪点的大概是终于“一辈子”了，终于钻石恒久远了。浪子回头变情痴，世界上还有比这更感人的事情吗？

这种会被脆弱煽情戳到泪点的妇女病，我已经好久没犯了，上一次犯还是在看匪我思存的言情小说的时候——明明刚看到开头就能猜到结局，还是会在后妈开展施虐大法的时候飙泪。这事儿还没完，在我发现自己妇女病犯了以后，我又去重温了《三生三世十里桃花》，果然在开头素素跳下诛仙台那段就飙了一枕头泪。事已至此，我发现，我真的有病……

女人总是会被长情的东西感动。像我这样雌性荷尔蒙已经退化得所剩不多的人也不例外，所以“钻石恒久远，一颗永流传”这样的“骗子”营销可以风靡全世界，全依仗我们女人。可你见到哪颗钻石让爱情恒久远了？

可女人依然喜欢听“我要一辈子对你好，我要一辈子给你当牛做马”“嫁给我，一辈子做我的女人，下辈子也要和你在一起”这种很美、很虚伪的话。

都教授为什么风靡全世界？因为他活了四百年也要把处子之身留给千颂伊。夜华为什么赚足了我的眼泪？因为十几万年沧海桑田，他也三生三世守护那只小狐狸。长情是最可怕最有杀伤力的东西，什么也抵不过：我历经风霜，兜兜转转，却发现原来你还在那里……这种时候，韩剧里都放着背景音乐，但是妇女都想让他从此就是自己的人，幸福一万分。

不过，都醒醒吧！爱情并不是奢望，而“长情”是一种奢望。爱情是什么，不过是在正确的时间遇上了正确的人。可人生那么长，也许到后来，正确的变成了错误的，又或者，还会有下一个正确的时间和下一个正确的人。大家不过都二十出头，顶破天三十多岁，要的却是九十九岁依然在一起的承诺和花了很多银子没几天就凋谢的九百九十九朵玫瑰花。

曾经有个女孩跟我哭诉过：“为什么追我的时候说到海枯石烂，最长不过半年，就变了？”

不错了，半年呢！大部分男人从情圣变成猪，只需要三个月的时间。很多没有爱情滋润的妹子在爱情面前畏手畏脚，不过是怕心目中的三生三世在这一个时间点成了三个月情痴变猪事件。

因为想的是要对方一辈子对自己好，所以自己轻易不能出手，怕一个主动全盘皆输；因为遇上谁都想着他会是自己的一辈子，所以对对方的要求务必苛刻，甚至试图在他二十岁的脸上找出他孙子的基因是否优秀的证据来。男人不仅要用来恋爱，还要用来结婚、产子、买房子，必须拿放大镜看到每一个毛孔里是不是有污垢才OK。

患得患失者，不值得拥有爱情，哪怕是片刻的爱情。

爱情是什么？天雷勾地火，喜欢你就约。

你在论坛发一百个帖子：这顿饭我去不去啊？我是不是该主动一点啊？他表白了，我该不该接受啊？条件不错，但我觉得我还会遇到更好的……在你纠结这些问题的时候，你已经在演绎“矫情”两个字了。你分明就对人家有意思，却把自己当公主，要求王子必须骑白马，王子还要在你家后花园做三年驴接受你全家的考验。可你发现，愿意做驴的都是屌丝，王子没你却不会不行。

所以，还是那句话：喜欢你就约啊！是不是好男人，约了你才知道啊！在爱情面前，矜持算个屁。婚后的幸福，都是婚前的大胆试出来的。畏首畏尾、瞻前顾后地站在三里开外拿放大镜瞄别人，真不如约出来办了。

退一万步，就算这个失败了走不到天长地久，好歹你们也曾经拥有。否则，天长地久和曾经拥有你一样都沾不上边，还谈什么青春啊！

至于爱情能不能变成钻石再变成婚姻，不要强求，因为你强求也没有一点用。天时地利人和，你就把持着人和，享受爱情，才是一个实用主义的聪明人。

死心才是解决问题的唯一方式

昨天我在家翻邮件，翻到一个姑娘哭诉喜欢一个男孩很多年，但一直没有好结果。不过这个男孩也不是没有回应的，比如说姑娘第一次表白，男孩表示我不讨厌你，我们可以继续当朋友；第二次表白，男孩表示不好意思，我现在有女朋友，但我还是不讨厌你，我们继续当朋友……

姑娘一直对男孩很好，终于，男孩一度和她成了情侣，不过短短两个月就劈腿了，原因是：我们还是适合当朋友。

现在他们还是朋友，关系不清不楚、不明不白，姑娘说，十年了，该给我一个结论了。我可以替他给，真的。

我跟狗娃爹也差几个月就认识十年了。几乎是一见钟情，稍微矫情了几个礼拜就成男女朋友了，又矫情了俩月就见家长了（当时还是学生，感觉还没发育完好嘛）。然后就跟任何情侣没啥区别，荷尔蒙退掉之后也吵架，不过该互相帮助的时候还是不含糊，结婚的时候没有兴奋也没啥纠结，觉得不跟他结还要再找一个，好麻烦，就他吧……

我不是来秀幸福，我是说，十年的时间，如果一个男人真的爱你，或者就算不那么爱你，仅仅是觉得你不错，挺适合的，而你又这么孜孜不倦地一直坚持陪伴，他也绝对该给你发个证了。

如果他没有，那么一切纠结都没有任何意义。什么念念不忘，必有回响，扯淡！该回早回了，而那些“你不错，还是做朋友吧”，不是什么回响，只是明确地表达：凭你，想圈我一辈子？做梦啊做梦。

其实我的生活圈里也有这么个姑娘。我知道的，她喜欢一个男生很多年，喜欢的时候这个男的是单身，现在都是孩子爹了……女朋友也是换过一茬又一茬，始终就没有换到过“念念不忘”的她。知情的朋友都晓得她每一条朋友圈的“哀怨”都是发给那个男人看的——因为是共同好友，我始终没看见那男人给她点过一个赞。

对有些事情执着是有好处的，比如说你可以执着地挣钱，甚至执着地做一个处处占上风的人。但对一个无论如何也无法喜欢你的人执着，那就只有一个“死”字。

很多人说女追男隔层纱，这点我同意，男性在这方面往往是没有什么节操的，送上门来的不要白不要。但一个无奈的事实是，就算是追到了，他也可能仅仅是觉得你“凑合”，而离“爱上你”还隔着遥远的银河系。更别说你心心念念了多年，他都对你无动于衷。这种情况下你还如此执着，无异于精卫填海的大无畏精神了——但我们都知道，那只是个传说。你无法强迫一个对你没感觉的人爱上你，天要下雨娘要嫁人，有些事情，只能随它去。

而有些人这么久还不放弃，无非是“不甘心”。

“我很差吗？我不比他任何一任女朋友差哪怕一分一毫啊！”
“我要证明，你一定会爱上我！等你爱上我，我就放弃你！”

喂喂喂，姑娘你几岁了，怎么就so naive呢。偶像剧要有好结局，不然粉丝会冲上去杀编剧，但生活呢，你敢自杀吗？

爱情是人类保存的为数不多的纯真属性之一，“爱上你不需要理由”，死都爱不上你，更不需要理由。

“我那么爱他，我条件也不差，他为什么不爱我？我该怎么办？”此问题无解，恐怕即使我是他，我也不知道我为啥就是不爱你。没感觉喽，看你如同看空气喽……可能无非也就是这些吧。

所以有类似情况的姑娘们，默念标题三百遍。生活中有很多事情，真的，死心才是解决问题的唯一方式。也不需要哀怨，萝卜青菜各有所爱，茫茫人海，放弃应该放弃的，追寻应该追寻的，才是幸福的奥义。

人生苦短，在一棵树上吊死，是个馊主意。

人生苦短，在一棵树上吊死，是个馊主意。

自救是对付男人的最好办法

不知道你们有没有这样的感觉，男人追你的时候，感觉就是让他挥刀自宫他也在所不辞——为了你，做太监又如何？感动得你稀里哗啦的，觉得一个男的能为你这样，你还挑什么呢？赶紧的，该滚床单滚床单，该结婚结婚，该生孩子生孩子呗。

我问过我男人，我说你当年说的那些话是真的还是假的？什么我要出轨的话，可以给我三次机会，每次机会时长两年，只要我回头，都会无条件再次接受我什么的！还有更恶心的，每天早上给我做好早饭，然后再把我亲醒，开始美好的一天……

我男人回答："当时当然是真的！苍天可鉴，当时是发自肺腑的。"

"那后来为什么没做到呢？"我男人回答："我又不傻，荷尔蒙顶上来说的话能算数吗？你也不傻，你还真信啊，哈哈哈哈哈哈……"

就是以上这种对话，曾经气得我想离婚。

我是真的想离婚，真心不能忍受睡在我身边的人如此虚伪、无聊，而且自从结婚之后，懒得像一头猪。吃多了蹲马桶，马桶被奔涌的排泄物堵上之后，他采取的办法竟然是默默地盖上马桶盖——等我去发现。

后来我痛定思痛，回忆了一下我的恋爱史，我家狗娃爹并不算嘴巴最甜的那一个。如果嘴巴甜和婚后的懒惰程度成正比例，那么那位说过可以为我死，他妈和我掉下海去一定捞我的那一位，简直就不敢想了……

大概也不能把罪责怪在甜言蜜语上，整个人都荡漾起来的时候，谁又能管得住那张嘴？

可男人有没有想过女人们的感受？被情话捧到了天上去，再被现实狠狠地埋进土里。但天下男人大概除了个别把情看得比命还重的“极品”以外，个个都是这副德行吧。

所以，自救是唯一的出路！如果你家男友或者老公现在宁愿对着电脑玩游戏也不看穿比基尼的你，越来越懒，醋瓶子倒了绝对不会去扶一扶，生活得毫无激情，还偶尔跟别的妹子在微信上聊天……如果你觉得这样的烂人你还扔不掉，还想试图改造，那么你可以往下看。

首先，该发脾气的时候一定要发脾气。

被虐久了，人都会逆来顺受。特别是已婚的妹子，毕竟离婚的代价还是蛮高的，男人的那些坏毛病，能忍的想想就忍了。我告诉你：不能忍！如果他吃饭喜欢吧唧嘴，就用筷子扇他脸，吧唧一次扇一次（公众场合就算了）。虽然这有些残忍，甚至会让他暴跳如雷，但是如果你不扇，他会越来越觉得不吧唧嘴的才是不正常的那一个。再比如说，该吃饭的时候他还盯着电脑在那杀杀杀，忍几次，找一个机会爆发，关电脑，拔电源，不行直接连人带电脑一起扔出去。他一定会说：“哪个男人不玩游戏，怎么就你脾气这么暴躁？”你就要理直气壮地说：“我就是暴躁，看不惯找别人去。”一定要发自内心地怒不可遏，才能从气势上压倒他。但是注意频率，一个月不要超过两次，否则适得其反。训男人和驯狗有异曲同工之妙，时间长了，他想吧唧嘴、想不吃饭玩游戏的时候就会条件反射出一种难受的感觉，好像自己做错了事。

其次，该宽宏大量一定要宽宏大量。主要在哪几个方面呢？

第一种，如果你男人是“妈宝”，那么恭喜你，你永远要和另一个女人分享老公。因为这是改不掉的，不要以为他会为了你而降低听妈妈话的程度。要么离婚要么忍，在这个问题上跟他较真儿是赢不了的，更何况人家还站在孝顺的道德制高点上。不过，大部分男人没那么妈宝啦，也不是天天和妈妈待在一起，所以偶尔就算愚孝一点，你也是要理解的。这方面表现得宽宏大量一点，发脾气挑第一点的发，这样男人会觉得你是真懂事，他是真浑蛋。

第二种，面对潜在情敌一定要假装宽宏大量。

你以为你爸没背着你妈给什么阿姨发过什么短信吗？别幼稚了，男人一辈子，想身心全在一个女人身上，除非他身心不正常，有一次偏离路线，是可以理解的。但是你记住，你越表现得在意，他就越是妻不如妾，妾不如偷，偷不如偷不到。

比如说我某次看到小姑娘给我男人发的短信，又是大哭的表情，又是你不理我了……我就很淡定地告诉正在晾衣服的狗娃爹：“有美女找你，快回信，不然人家要急死了。”然后我就打开电脑看电视剧了。

两个小时以后，我家那位搬了个小板凳，把这位美女的来龙去脉跟我交代清楚，还说让我有脾气就一定要发，别跟他玩儿阴的。

我就只好“呵呵呵”，我真没脾气，我微信里的暧昧短信比这个还暧昧。人嘛，自己要有自己的圈子，只要不犯原则性错误，就睁一只眼闭一只眼吧。但是，你要当时跟他哭闹，他绝对比你理直气壮：那只是同事，你干吗神经过敏！但你要装作老娘就是不care的样子，他反倒做没做贼心都虚。

同理，勾搭下前女友什么的，你要表现出你知道了，但是你一定要表现出：去勾搭吧，要是你不开眼，你胆子大，敢和她发生什么我也没意见，反正我也有前男友。相信我，男人会跟小兔子一样，有贼心没贼胆，最后连贼心都没有了。

最后，我说一万遍，自己赚钱真的很重要。

钱多钱少没关系，但是靠男人养就是不行。倒不是男人不愿意养，而是自己心态上会出现问题，变得多愁善感神经质，疑神疑鬼非常没有自信。你拿男人的钱做了多少整容手术，买了多少海蓝之谜，穿金戴银恨不得内裤都是爱马仕的，也买不回你早起赶地铁、吃包子，拿两千元月薪时候的独立给你带来的自信。

能不做全职主妇，就别做。工作可以不用那么拼，可以拿少一点钱做一份轻松一点的工作，但不能在家做饭、带孩子。那样，你的全世界就是你的家，能跟你一块玩的，也只是全职太太们，你的世界越来越窄。你在男人眼中，不管付出了多少，也抵不过外部世界的花花草草、姹紫嫣红。

你骂他不做家务，他都能反驳你：“你天天在家里还需要我做吗？”你说他是“妈宝”，他都要说：“我都养你了，你不该跟我一起孝敬家里吗？”他就是出轨，都会说：“我这么辛苦，你却不能理解，我有苦衷。”

都是因为他天天回家都能看到穿着睡衣蓬头垢面的你，反正他怎么对你，你也只能忍，你没的挑，他自然也不把你当回事儿。人就是贱啊，你对他好有什么用？你得把状态保持在：就算自己五十岁，离过一万次婚，放出去相亲也一堆人抢的状态，你男人才会一辈子把你当夜明珠。

找不到新欢，怪旧爱喽

我记得很久以前有一个段子，说什么人身上的血每七年要全部换一次，所以七年后你已经不是你了，难道还忘不掉一个人吗？

我的天，七年也太长了吧！如果七年才能忘掉一个该忘记的人，七年才能把自己彻头彻尾地更新换代一次，那还活个屁啊！你算算，你就是活到一百岁能有几个七年？除了青春期以及之前的白痴期，再减去老年痴呆症时期，委实过不了几个更迭的人生呢！

我来告诉你为什么有的人用了七年还忘不了旧情人，绝不是因为他血槽太满，换血太慢哦！因为他找不到一个合适的新情人。

为什么他找不到一个合适的新情人呢？因为他丑！

仅仅是因为丑吗？哦，他还忘记多读书。

海枯石烂的旧爱抵不上朝气蓬勃的新欢，可有的人又丑又无聊，人生还苍白，找不到新欢，怪旧爱喽？

一哥们儿前几天给我看了个他ex给他的信。

开头就是：×××，我恨你！

然后：你这样轻易地忘记我，我却深沉地惦记着你……（此后省略无数字。）

最后：你离婚吧，跟我过……

这一对我是知道的。当年男生对女生不能再好了，女生大学毕业就在家养猫度日，也没犯什么大错，就是背着男朋友出了几次轨。被发现后也没犯什么大错，就是一哭二闹三上吊，说出轨都是因为男的不像以前那么爱她了。于是就成了前任了呗。

当时男生也是蛮痛苦的。不过后来升职加薪又被调去深圳远离了是非之地，很快就有小姑娘投怀送抱，现在孩子都生了。

女生也是爽了一阵子的，彼时有个土豪对她蛮好，可惜她故技重演又自我抛弃了一次，被土豪捉奸在床，土豪差点没发江湖追杀令……

男生也不傻啊，跟我说："你知道吗？毒毒，我看到这封邮件的时候满脑子就飘过俩字：傻×！"

首先，你要恨我，为啥还让我离婚跟你过，这不贱吗？

其次，你出轨的时候不惦记我，跟土豪high的时候不惦记我，现在开始惦记我了，这不把我当成猪脑子吗？你可以侮辱我的人格，但是不能侮辱我的智商。

看，男人也不傻的！

不过这样的前任大概也不止该女生这一个吧，想想你有时候是不是也控制不住联系ex，搞得感人得不得了，将“忘不了”挂在嘴边，像极了一个怨妇呢？

其实不过是现在过得不太满意、不很顺利又略显无聊吧。试想如果你身边出现了个何以琛，还有你前任半毛钱关系吗？如果没有何以琛，一天赚一万块，估计也忙得来不及跟前任再续前缘了吧。

大女子敢做敢当，当初既然分了手，有种一辈子别回头！咬紧牙关努把力，瘦二十斤顺便学富五车，还能泡不到高富帅？

当然了，你们如果发现自己的男友和前任勾来搭去，就把这篇文章甩给他，真以为ex是来跟你旧情复燃的？世界上最贱的事情莫过于ex在新欢那儿受了挫折又去旧爱那儿寻找安慰，旧爱还真把这当个事儿。

祝你早日有新欢。

别和负能量的人在一起

昨天小毛跟我说他跟女友分手了。这个女友呢，是他二十五年来包括右手在内的所有女朋友中让他觉得最爽的那个，于是小毛非常痛苦。

我能够理解他的痛苦，这是比自断右臂还让人不甘心、不认命的自我阉割，问题是，why?

“我的妈呀，她就是一坨负能量啊。一直抱怨工作，说挣得少干得多实在是受不了了，一个姑娘最好的青春就那么几年，别人都在游山玩水、谈情说爱，她却要在办公室应付老大妈，公司的人老是针对她，嫉妒她什么的。我就说那你去考研，或者辞职休息几个月，好好想想要做什么，实在想做家庭妇女的话，哥哥也可以养你。她说她想想，结果想了俩月，考研的报名时间活活错过了，也不辞职，也不换工作，说现在工作不好找，她讨厌面试什么的，接着就是无休无止地抱怨……

“最可怕的是她的朋友圈啊，只要她哪个朋友秀了一下恩爱，或者人家买了房、买了车，甚至买了个包，她就要跟我说‘你看别人过得那么幸福，我凭什么得不到幸福啊’什么的。问题是，我是北京土著啊，家里有房有车啊。

“你知道最可怕的是什么？我去健身，她说我是为了勾引女人；领导派我出差，她说我是去异地玩乐；我在考一个职业资格证，她说我有病，考完这个我还是个屌丝什么的……比最可怕还可怕的是什么呢？是她的朋友圈一天要更新十条鸡汤，但是一见到人类就开始抱怨。我怀疑她精神分裂了，现在她除了上床睡觉，其他的时间不是在转发鸡汤就是在抱怨生活……”

小毛说：“我可以没有‘性福’，但是要有幸福。和她在一起，就像和一个巨大的黑洞生活在一起，她最终会把你连骨带皮地吞噬。或者，把我变成一条蛆，臭烘烘的那种，太可怕了！你看我跟你抱怨了这么多，我已经是一条蛆了，姐姐，你闻闻我现在臭不臭……”

小毛最近的确是消瘦了一些，气色也不太好。我以为是肾亏，没想到不仅仅是肾亏……

在负能量女王面前，记住一句话：Run！Run fast！run far！

可怕的不仅仅有负能量女王，还有负能量陛下。一个充满了负能量的男人，真的比祥林嫂般唠唠叨叨的女人更具有杀伤力。

我某任男友就是。一个连新闻都不看的人，每天却愤青得一塌糊涂。说自己的专业不好找工作，自己也不是什么二代，社会这么不公平，他怎么可能混得好，要是早生十年就好了，晚生十年也好啊。当时他觉得导师处处跟他过不去，要推迟他毕业时间什么的，其实人家导师对他可好了，是他自己从来不好好做课题！

那时我还不是百毒不侵，被他带得也有些悲观，甚至开始醉生梦死了呢！幸好后来幡然醒悟及时撤离。现在我心里对他只剩下一句充满祝福的话了：祝你下辈子投个好胎。

我要告诉你们的是，负能量会让你越来越丑、越来越胖，由内而外散发一种厌世的、馊臭的气息。如果偶尔负能量爆棚，就跑步去，旅游去，喂鸽子去，甚至杀猪去，都比对别人唠唠叨叨向周围散发臭味要好。因为一个成熟的人要明白：每天发生在自己身上的99%的事情对于别人而言根本毫无意义。

没有什么 '...

比爱自己更重要

PART TWO

美女都是狠角色

那些“叛逆”的姑娘，只是比你更了解自己而已

青春期的时候，我很烦“叛逆”这个词，因为班主任总是说我“叛逆”“不听话”“无组织无纪律”。

我觉得很委屈，因为我一直想不通我到底哪里叛逆了。有的同学因为“叛逆”去剪了光头，在大红内裤外面穿薄透的白色裙子，高三考完试烧书砸窗户，在喜欢的姑娘的宿舍楼下大吼大叫，我觉得这叫叛逆，为了上演“我的青春我做主”的戏码，搞出一些惹眼球的乖张行径来。而我是个低调的人，我不喜欢博眼球，我那些破事儿，绝对不能称之为叛逆。

比如说，傻×英语老师在我们高一的时候，非让我们提前半小时来学校做高三的考试卷，问谁反对，全班就我一个举手了，因为我觉得这事儿太扯淡了！七点就早读了，六点半鸟还没起来呢，再说高一的水平去做高三的试卷，有必要吗？我只能想到揠苗助长四个字。所以我只是云淡风轻地表达了自己的意见。傻×老师恨我恨到牙根痒痒，给我扣上个“叛逆”的帽子，现在想来，就是不给我表达自己不同想法的权利呗。

后来考大学，我把我爹气得够呛，因为他觉得填志愿要按照排行榜

来，而且综合性大学优先，我被“对外经贸”四个字深深吸引了，而我爹却对××大学情有独钟。我爹说：“叛逆！不肖！”

我说：“呵呵呵……儿孙自有儿孙福，莫为儿孙做远忧啊！”

后面找工作啊，辞职啊，反正总是不离“叛逆”俩字，我也习惯了。

但我依旧认为我根本不叛逆，我只是做了自己当时认为的“最优选择”而已。我也是考虑了很多因素的，当然最多的因素是自己，但这也不是因为“叛逆”吧，“叛逆”是与世界为敌，我是处处为自己好，争取为社会多做贡献好嘛！

我大学的同学W小姐，一直稳稳地坐实系里第一的位置，而且是拿英语当母语用的人，专业又好。大四的时候，院长钦点了她做自己的研究生，要“重点培养”，当然，院长也说了，推荐到更好的学校去也可以，但是回来后，他博士生的位置一直给她留着。

结果，W小姐想了一段时间，对院长说：“我不想再读书了。”

院长满脑子都是不可置信。要知道系里的前几名，每一年都是被院长收了的，更何况W小姐是我在学校四年里见过的最优秀的学生，没有之一。但是她……她……她竟然说她不读书了！坊间八卦说，院长不仅亲自打电话劝说W小姐，还找了W小姐父母，语重心长地开导了一番，可W小姐固执己见……院长气得快要骂人，只能用“不识好歹”来形容W小姐。

但我们毕业七年了，别的不说，在坚持自己专业还在混这个圈子的同学里，W小姐的事业已经达到其他人不太可能企及的高度了。

W小姐在我眼中一直是一个传奇一般的存在。当时我因为翘课太多也被同学说“叛逆”来着，想来学霸和学渣，是两个极端，竟然在“叛逆”这个点上达到了一致，我有种自豪的感觉。

我固然不喜欢充斥着“荷尔蒙”的叛逆，那种为了彰显自己年轻而做一些稀奇古怪的事情吸引别人的注意力，不是叛逆，是傻。

而真正为自己的人生做了铿锵有力的选择，这真心不是叛逆，父母、老师、同事、领导真的能比自己在此时此刻、此情此景下更了解自己吗？因为自己更了解自己，所以做出了和他们设想的不一样的选择，并且坚持下去，我觉得这是一件可喜可贺的事情，缘何要被扣上“叛逆”的帽子？

直到现在，大家还在说香奈儿女士叛逆。因为在她那个时代，在繁杂、虚无、浮华的时尚圈里，她特立独行，她中性、简约、优雅，她把多余的一切全部扔掉，留下最简单的设计，最明朗的经典黑白。

而我意识到，她根本不是“叛逆”，她从来没有与世界为敌。只不过她对时尚，对美，对女性的了解，具有当时的人，甚至现在的某些人，无法企及的高度。

她说，她不创造时尚，她就是时尚，这绝不是现在的某些小演员在微博上发发厥词、洒洒鸡血、嚷嚷女权能相提并论的。

她的自信，来自于她对时尚的把控，对女性着装心理的了解。而香奈儿屹立百年，到现在，依然在打着折扣演绎着Coco的灵魂呢。

所以说，当你觉得自己明明不叛逆，却被周围人投来怀疑、不理解的眼光甚至竖中指的时候，没关系，有香奈儿女士和W小姐给你做成功的榜样呢——我就算了，至今一枚女屌丝，也就只能在你身后给你摇旗呐喊。

所谓“叛逆”，只不过是因为那些蠢货，看不到你已经看到的风景而已。

你被喜欢谄媚的人坑过没

我举个手，我被坑过！

事例一（童年阴影）

我和X小姐是邻居，在初中变成同班同学之前就混了个眼熟。所以成为同班同学后，自然成为“好朋友”。悲催的是，如果两个好朋友一个是班长，一个是学习委员（我），两个人考试总分只差个1分、0.5分，还经常是本人不小心领先了，问题就大了。

有一段时间，我发现X同学特别喜欢夸我。当时我有四五个非常要好的小伙伴，大家在一起就是互损或者乱点鸳鸯谱之类的，唯独X同学见到我就夸，“你这双球鞋什么牌子？好好看！”“你皮肤好白（骗子）！”“我跟你说，隔壁班的班草好像喜欢你（世纪大骗子）！”说得我每天都如沐春风，美滋滋的。

直到有一天，美滋滋的我被班主任叫去狠批了一顿，说我不团结同学，打扫卫生的时候欺负同学，自己不干活（不可能！这是摩羯座能干出来的事儿吗），然后撤了我学习委员的职位（虽然我早就不想当了，但是还是委屈得像狗一样）。

后来我妈也很不服气，说这一定是有人坑我，说小孩子的世界就如此尔虞我诈非常不利于我身心健康发展。于是我们就拜托了一个阿姨（同一个学校的老师）调查了一下，结果——竟然是X同学，她某天在班主任面前哭得眼泪一把鼻涕一把地说我欺负她，鼓动同学孤立她，我就是恶魔一般的存在，班级的蛀虫、青少年的反面教材……班主任也很二，就这么信了。

但这都不是重点，重点是，直到现在，X同学这个优秀的女博士，如果她非常浮夸地夸奖谁，那谁就真的要小心点了。手段这么多年见长，总不是打小报告这么简单了。有的时候她卖了别人，别人还替她数钱呢。反正我敬而远之，但依旧有喜欢享受她春风般温暖与关怀的人陪伴左右。

事例二（好了伤疤忘了痛）

前几年，我在工作上遇到了一个如沐春风的同事D。她是新来的（职位和我一样），说对我一见钟情，觉得气场好搭（我真没看出来），所以和我走得特别近。每天至少夸我一次，发型漂亮，夫妻恩爱，连我家狗都夸可爱，说什么只有我能养出这样的狗啊……于是，我和她关系好到要穿一条裤子啊。连我爹妈都晓得她，因为我老说我终于找到除了狗娃爹以外的真爱了。她还经常给我带吃的，好感人的，自己做的便当，老家寄来的特产……我真的想抱着她亲一口，问问她是不是爱上我了。

她当然不是爱上我了，因为几个月后的升职，她把我给顶了。刘瑜不是说看两个女人关系好不好，就看她们会不会一起在背地里说别人坏话吗？我深以为然啊，然后我跟她说了好多同事领导的坏话啊——啊，我被自己蠢哭了。我不仅被顶了，还被领导语重心长地叫过去谈话，领导说我幼稚，毫无经验可言，要再成长很长一段时间。（摩羯工作好认真好不好，我的工作比D出色N倍行不行……）

后来我离开了那家公司，痛定思痛了一把，人，在一件事情上摔跤不可怕，可怕的是在同一个坑摔倒很多次。就像小时候的X和长大后的D。

其实她们是有共同特点的，就是她们的谄媚——很虚伪。朋友之间损也好赞也罢，但凡真的把你当朋友，损与赞都应该是发自内心的。如果谁毫无原则地赞你、恭维你，特别是性别相同还把你当公主看，那么，她的内心早就对你妒火中烧了，踩死你只是时间问题。

像我们这种嘴贱的人，心里是藏不住事情的，讨厌和喜欢都挂在脸上让人一目了然。但原则是，我可以不喜欢你，但我绝不会背地里黑你。但X和D不一样，城府很深啊！

妈妈说也许这样的人能成大事，但我不以为然。有阴谋也有阳谋，干吗要用踩着队友尸体的方式衬托自己的存在感。互联网时代了，讲究共赢是不是？谁被她们黑过一次还觍着脸去黑第二次，这不是个可持续发展的生意啊……

我讨厌虚伪的人。每一秒都讨厌。

不过被黑过也是好事儿，到现在，我只要和这样的人同处一室，就能感受到她们酸腐阴暗的气场，早早拔腿跑路。

你能吗？

我可以不喜欢你，但我绝不会背地里黑你。

歇斯底里

我好怕女人的歇斯底里。

小时候，邻居阿姨经常和她相公吵架，吵得锅碗瓢盆砸了个遍。噩梦一般的情景是有个雷雨天，邻居阿姨在家里鬼嚎：“我怎么这么命苦，我怎么会嫁给你还给你生孩子……”然后传来男人低沉的声音：“不喜欢就滚！”再然后……“啪！”一道闪电劈下来，再接着一阵拳脚相加和锅碗瓢盆破碎的声音，简直给我幼小的心灵造成了巨大的伤害。这个阿姨一直也没滚，到现在还在争吵中惶惶度日，我每次看到她都带着一种奇怪的感觉，觉得可悲可笑又可怜，害得我差点从那时起就恐婚了。

上个礼拜某天晚上，我刚准备入睡，就听到楼上噼里啪啦的，先是掀桌子再是扔椅子，果不其然，大概三分钟以后，传来了女人歇斯底里的哭声：“王八蛋，我怎么嫁给你这么个王八蛋……你这个没有良心的……”然后，好戏重演，传出男人愤怒的声音：“滚！”可是女人似乎也没有要滚的意思，接着嚷嚷“你这个丧心病狂的，没有良心的……”还伴随着器皿碎掉和肉体撞击的声音，让我小时候的噩梦又涌上心头。

很多书和文章都教我们：做个优雅的女人。但问题是，很多时候你连做个能控制住自己不歇斯底里的女人都挺困难——包括我自己。

比如说我和我家男人争执的时候，就经常觉得他和我完全不在一个频道上，工科男理性派，会把我往他的硬逻辑里带，这种鸡同鸭讲的感觉让我经常面临崩溃。结果就是，本来是因为A事争起来，最后讲到BCDEF……最后扯到“你怎么一点也不爱我！你就是不爱我！”然后我就控制不住地想把他脑袋往墙上按。

当然，我舍不得砸东西，也不敢扯着嗓子大喊扰民，真的打架的话，我男人练过，我也深知我不是他的对手。但我深深地感到：每个女人心底都埋着一颗歇斯底里的种子，不知道什么时候就被点燃了。比如说，记者们最喜欢的小三与原配殴打的场景啦，闺蜜为抢男人大打出手、反目成仇啦……

我完全能理解世界上有些人，甚至是自己最亲近的人，会经常做出一些让你愤怒到绝望的事情。这种时候不歇斯底里一把，内心的小火苗就会烧死自己。但是我仍然认为放任自己歇斯底里是件不对的事情，因为平时再美，再装，再优雅知性气质范儿，回想起自己蓬头垢面歇斯底里的时候就觉得自己好可悲，像泼妇、村姑、被遗弃的松子、绝望的为爱而生的女人……回忆起来，自己脏兮兮、灰蒙蒙的。

那么问题来了：面对某些让你想动口又动手还要加上动脚的人的时候，到底该怎么办?

经过我这么多年和自己歇斯底里内心对抗的经验来说，千言万语化成一个字：滚。不是让他滚，就是自己滚。滚出气势，滚出气节，滚出气魄。

女人唠唠叨叨一辈子，都不如男人或者贱人一句“滚”来得荡气回肠。不管你是被他气到想打人还是气到哭，还是为他和不相干的女人撕扯，其实打从一开始，你就输了，别人缘何能左右你的喜怒哀乐？因为你把他看得太重。

其实每次被人气到想杀人的时候，想一句话就解脱了：我都能被他气得想杀人，那么离开他还不能活吗？这个问题想透彻了，那个“滚”字就非常摄人心魄。

比如说，有次我家狗娃他爹真的用他神奇的逻辑把我气到了（摩羯和白羊，真的不是特别般配的星座），我非常想用浑身的力气歇斯底里一把，但冷静了片刻之后，我突然觉得，这么一个有着“神逻辑”的男人真的跟我般配吗？他和猪比较般配！有了这么个结论，配合上我决绝的眼神，我冷冷地说了一个字：“滚！”又加了一句：“你不滚我滚。”

我家狗娃爹，竟然一秒就像泄气的皮球（注意，此处眼神和内心戏要一致，不然滚得没有气势也是唬不住人的）。此后一个月，他都乖乖地没犯毛病。

夫妻之间、恋人之间，即使没有本质上的矛盾和深层次的三观不合，也会偶尔被气到想把对方从窗户扔出去——不是说感情再好的夫妻，这一生都有五十次如上体验吗？我估计我得有五百次。但绝不要让自己歇斯底里到被人当成疯婆子，也不要暗夜哭泣都没人搭理（这太凄凉了）。没人规定谁跟谁就一定要一辈子在一起，没人规定女人不能一个想不开就说走咱就走。

歇斯底里和暗夜哭泣或者跟祥林嫂一般跟周围人唠唠叨叨，不过把自己映衬得更加可怜罢了。

而我的原则是，宁可做可恨的人，也不要做可怜的人。

PS：我和我家狗娃爹感情稳定，关系良好。但我永远保留“说滚咱就滚”的权利，这样才能笑傲江湖。

真正爱你的男人不会让你歇斯底里，能让你歇斯底里的，不值得你歇斯底里。

最后请记住：生气也要美美的。

不要用“美女”这个身份换太多的东西

自从某次在三里屯的一家店门口问另一家店的路，被那个拉客的店员指到了一条完全相反的羊肠小道上，喝够了西北风以后，我一听到人家说“美女”就特别烦。当时我一脸虔诚地跟他问路，他一脸认真地说：“美女，你就这么这么走……一转弯就到了，但是，真的不来我家喝吗？我家帅哥多哦！美女，美女，美女……”

“美女”不仅成了性别代名词，还成了服务行业专业用语。去餐厅点个单，不叫服务员“美女”，她都不稀罕过来。这个词越来越轻佻，越来越带有戏谑的意味。

不过，今天也不是来说“毁词”这件事的。我想说说有的女的，也太把自己的雌性身份当回事儿了。

昨天聚餐的时候，来了一个女的，好可怕，跟一桌子的男人挨个交换了名片之后，再挨个抛媚眼，完全当我们这些同性不存在，跟她打招呼她都不理。“这个哥哥，你是干什么工作的？”“这位先生，你们公司我听说过哦！什么时候去你那儿拜访一下……”

我明白世界上有一种职业叫作“交际花”，这种女人靠结交不同的男人生存，夜夜笙歌。朋友特多，特别是当土豪想结交官员，官员想认识资本家的时候，这些女人就在其中穿针引线，活得暂时也是蛮不错的。其实很多女孩子向往自己有“交际花”的本领，让很多男人为她做很多事儿。所以，我说个已经残了的交际花故事给你们听吧。

Y阿姨，颇有姿色，年轻时候做点小生意。一度我觉得在某省，有头有脸的男人她几乎全部认识，她经常在饭桌上秀一些妈妈级偶像男神给她发的短信什么的。然后，很多人觉得她是人生赢家啊。开了个皮包公司，虽然离婚了，但是身边男人无数……

再然后，她失踪了，之后又出现了。可是，她疯了，是真的，精神出了问题。昔日的那些颇有权、有势、有钱的“哥”，避之唯恐不及，都纷纷表示：“酒肉朋友，酒肉朋友，没有你们想的关系那么好……”

不要骂男人无情啊，搞得跟交际花很有义一样。既然大家都是互相利用，那么利用完了，谁还有义务对你负责啊。

Y阿姨已经是小有成就的交际花了，结局尚且如此。在“靠自己女性身份”寻求男人帮助的这条路上狂奔疾走的那群姑娘们，如果你们还以为男人跟你勾搭两句、认你个妹子，你的世界就会很好，那你就太天真了。

我特别厌恶我曾经的一份工作。原因之一大概是我的工作性质和氛围真的不算好，女同事一给男性客户打电话，那个声音能把我嗲死。“好，张总，以后我就叫你张哥哥吧……”

我的天！虽然这样的确会让工作业绩飙升，但是，这有违我的价值观。

我承认在工作场合，有时候男同事的确会照顾一下我，很多事情上，一些男性也的确愿意对女性伸出援助之手，但是我绝对不会允许自己刻意撒娇、卖萌、发嗲来求关注，然后换取比别人多的职业机会。

因为出来混，占别人的，总是要还的。用自己“女性身份”占别人的便宜，那终究是要用“女性身份”来还，那和卖有什么区别？只不过别人卖身，你卖笑。五十步笑百步，终究逃不过那个“贱”字。

如果你有和男人同等的职业技能和敬业精神，那么你的女性身份，本身就会让你更受关注，不需要你再刻意卖弄。如果你完全没有本事，只想靠卖脸、卖嗲吃饭，那么就别怪世界对你不公平，也别怪其他女同胞用鄙视的眼神看你，人家可能真不是嫉妒，而是单纯厌恶。

“美女CEO”（虽然我十分受不了现在流行在各种职务名词前加一个美女），前提你得是个CEO吧；“美女博士”，前提你得是个博士吧……如果只剩下一个“美女”，就赶紧找个接盘侠结婚生孩子去吧。

出来混，占别人的，总是要还的。

赚钱是比嫁人重要一百倍的事情

周六饭局上，我惊闻一个姑娘花四十万在某婚恋网站上找了一个郎君得以出嫁。好吧，我承认我的注意力全在这四十万上，四十万，添点钱都能换个好车了，开出去不知道多少吃软饭的想跟上来。

但是话说回来，人家有钱，爱怎么花怎么花关我们什么事儿呢？另外，你们知道为什么你们注册了百合网、世纪佳缘网，却依旧没有嫁出去吗？你以为人家真会给免费会员提供高档服务？哈哈哈，原来世界上还真有这么天真的人呢。没钱？不付费？一群中年丧偶的低保户等着介绍给你，反正如果一不小心就看对眼了，缩小收入差距也是一桩善事。

过年回家，爹妈又要问："对象找没啊？年纪大了就不要挑啦！再挑卵巢都衰老了，怎么生育下一代、延续基因啊？"

你想自挂东南枝，却分不清东南还是西北，你想死去，又因为贪吃而留恋人间美好……总之，你觉得你没辙了是吧。No，其实最关键的不是没辙，是没钱。

说白了，剩女是一种正常的社会现象。只不过国内出现得比日本、韩国晚了几年而已，大家用不着不淡定。我笔记里一直有一篇2011年《经济学人》的报道，就有这么一些内容：亚洲经济比较繁荣地区的结婚率，本来就是越来越低，女性平均结婚年龄在二十九至三十一岁，而亚洲女性（尤其是东亚）的婚姻与职场难以兼顾，所以很多职业女性对婚姻持恐惧态度。

然而观念却迟迟落后于社会发展。你以和男人同样的学历、能力进入了职场，然而那群男人，还有你的七大姑、八大姨，依旧痴迷于改革开放前的家庭模式——毕了业就结婚，结了婚就生娃。好嘛，男人依旧不干家务，也不带孩子。你以为现在的工作都是以前那样一杯茶一份报纸干一天，迟到早退送领导两包烟就没事儿了？太天真了！现在的大部分职场，没有男人女人的区别啊，只有骡子和马的轻微差异好不好。所以家庭和事业，对大部分职业女性来说，可以兼得，那几乎是骗人的。总要牺牲一头或者部分牺牲一头的，这个权衡的痛苦工作，又有什么男人能替你来完成？最多的情况反倒是你牺牲了职业，成了家庭主妇，还吃力不讨好，老公嫌你黄脸婆，外面找第二春去了。这种情况下，很多女青年“不愿嫁”，没什么不正常的。

但是，不是不愿嫁就可以不嫁的。“嫁与不嫁”的自由，包括是不是有自信自动屏蔽各种“催嫁、催婚、催产”，归根结底我认为，还是基于“财务自由”或“财务相对自由”。

那么，我简单说说。一个可以自己赚钱自己花的女性，择偶的范围本来就比需要找饭票的女生广泛得多。你可以找不赚钱的“小鲜肉”养他，也可以找比你更有钱的金龟婿进一步提高生活质量，而不被看成“求包养”；当然，如果你真的想坚持单身主义，那么，钱就更重要了。父母不会担心没有男人养你你就会饿死，他们就是平常唠叨两句，你送个欧洲双人游也就扯平了，至于七大姑、八大姨，想听就听两句，不想听就骂两句，爱谁谁呗。

反观没有经济能力的女人，除了嫁人，她真的还有别的选择吗？嫁完人，除了在朋友圈晒包晒娃，还会有别的乐趣吗？

人格独立不是口号，不是你想独立就能独立，因为没有经济独立，一切无从谈起。你嚷嚷得再多，都还要做寄生虫，寄生虫凭什么有权利？

其实，人格真正独立的“剩女”，是不那么恐慌的。这个时代，如果你想不孤独，真的就可以不孤独。

恐慌多来源于不安全感。不安全感的原因有很多种，生活的骤变、贫穷、感情的不稳定，甚至空气质量实在是太差……而解决不安全感的方法就是——钱，或者你自己拥有的赚钱能力，真的是一条，也是唯一一条捷径。

钱与狗，都比汉子可靠。汉子，匆匆过客也好，终身良人也罢，从不会隶属于你，你也别指望你能完完全全地属于他。然而钱不同，赚钱能力也不同，那是属于你的，纵然通货膨胀会蒸发掉一些，但终究是属于你的。

回到开头那个花四十万在婚恋网站找相公的女子，虽然钱花得性价比低了些，但老公不听话，可以吼一嗓子：“大不了老娘花五十万再找一个来，你给我滚！”

这未尝不是另一种人生赢家呢。

其实，人格真正独立的“剩女”，是不那么恐慌的。

美女都是狠角色

这个标题很多人的很多文章都用过了，但是在说到某种主题的时候，我觉得换个标题就没有这么个意思了，所以就沿用一下。

我以前在一篇文章里说过，我很讨厌“美女”这个词，带有点戏谑和服务业的意思。抛开我的偏见不谈，本文我说的是那些我真的认为“美”的女子们。

Bear小姐是我这么多年工作中遇到的最会打扮自己的姑娘了。其实前些年我对Bear小姐并无好感，觉得她臭美到有些矫情，总之就是——太浪费时间了。六点爬起来给自己准备健康排毒早餐，然后拍图修照片、发微博（那会儿还没微信）；七点练瑜伽，拍图发微博；九点半踩着超级高的高跟鞋到公司，带着与众不同的香气。

与Bear小姐共事也是五年前的事情了。五年来我们每年都会见几面，Bear小姐几乎是一年比一年更漂亮。Bear小姐比我小两岁，但五年前她看起来就比我现在还成熟，现在看起来又比她五年前更年轻。总之，她是一个神奇的存在。她竟然拿到了瑜伽教练资格，她的身材简直让我想撞墙而死，她对一切化妆品、护肤品、包包、鞋子都了解得深入骨髓，她所有的收入和积蓄都用来干一件事情：臭美。而且，她至今没有对象。

本来我认为Bear小姐这样的姑娘是无法好好工作的，但是我错了，五年里她换了部门，荣升主编，部门广告费因为她的形象好、颜值高、说话嗲，同时办事效率高，PPT做得也还蛮不错，所以每年水涨船高，部门领导都快爱死她了。

虽然没有对象，但是一个二十七岁的未婚独立、性感、美貌俏佳人，出去玩玩男人，那是再正常不过的了。而且我一直认为Bear小姐没对象是因为太爱自己，不想让别人分享她对自己的爱。

Bear小姐个子不高，于是她最狠的一句话就是：不能穿十二厘米的高跟鞋健步如飞的女人是没有未来的。

事到如今，我也只好对她说：“不服不行……”

Bear小姐说完了，再说个Cat小姐吧。Cat小姐与Bear小姐迥然不同，许多年前的她从来不化妆，不穿高跟鞋，素面朝天甚至不知道香奈儿是个什么东西——她是学霸+工作狂，完全是那种把自己往死里累的人。而神奇的是，Cat小姐认为：人生来不就是要好好学习、好好工作的吗？不好好学习、不努力工作我活着干什么？（我们大摩羯就是这么任性，我也是这样想的！）但和Cat小姐聊天，你以为她会说她的愿望是成功当上CEO，成功买一个老公当猪养……不是的，Cat小姐说：“我最大的目标就是嫁人。”

也许在Cat小姐看来，工作和学习本来就如同吃饭和睡觉一样，没什么可说的，但是因为接触的异性太少，反而对嫁人和生孩子充满了期待——

真是不科学。

前几年，Cat小姐算不上美女，后来职位升得太快，所里的合伙人说：“你这个样子不行啊，没法儿见人啊！”然后，Cat小姐拉着我去shopping的时候，我深深地感觉到，土豪的钱真好赚啊！从拖鞋、裙子买到内裤、化妆品，再到床上用品，刷卡的时候五位数的开头都快到五了，Cat小姐眼睛都不眨一下：“赚钱不就是为了花嘛，平时也没时间花……”

几年过去了，Cat小姐已经成了业内知名的“女神”。在银子没有什么问题的前提下，扮美，只要智商够就一定可以。

Cat小姐和Bear小姐可谓殊途同归。不管是什么样的开始和过程，反正人家现在都是女神。

Bear小姐对自己的身材和身高够狠，工作上稍微狠一狠就都有了；Cat小姐对自己的工作够狠，穿衣打扮上嘛，只要刷卡的时候稍微狠一狠也都好了。所以，“美女都是狠角色”，应该是一句——真理。

为了这个真理，邋遢如我，每天不跑步三十分钟以上，都绝对不睡觉。我都可以，你也一定可以的。

在经济没有什么问题的前提下，扮美，只要智商够就一定可以。

靠讨人喜欢是无法创造历史的

周末看美剧《逍遥法外》，有一集讲内幕交易官司，Annalise 对女富豪说了一句话："靠讨人喜欢是无法创造历史的。"但是我倒回去看的时候却死活找不到这句话了，难道是我想出来的？不管怎样，我喜欢这句话。

很多人其实都在有意无意地被"讨人喜欢"绑架，过多地考虑自己这样做谁会喜欢，谁会讨厌。我认识的一个最神经质的姐姐，且不说换工作、买房子这种大事儿总是担心"老公会不会不喜欢"，就连买衣服、选香水，我估计连买内裤、买卫生巾，出发点也总是"他会不会喜欢"。听她重复最多的一句话就是：不知道×××能不能接受，喜不喜欢。

我觉得吧，这种事儿，稍微顾虑一下其实挺正常的，人与人相处嘛，总得考虑下别人的感受，总不能专挑别人受不了、看不下去的事情做，但是到了一种极端的程度，做什么都想：他们不接受咋办？他们不喜欢咋办？他们因此疏远我怎么办？就是病了，得治。

喜不喜欢是非常主观的，很多因素完全就不是你能控制的。比如说你的领导，他就喜欢拍马屁的，大家都知道马屁精通常都干不好活啊，但谁也不能保证你一生中不遇到几个傻×Boss不是？但其实从长远来看，并不十分影响你的职业生涯。因为在职场里，员工也是生产资料，也是商品，你如果没有让Boss享受马屁快感的价值，让Boss多赚钱，也是同样有价值的，就算此Boss欣赏不了你，自有与钱没有仇的Boss欣赏你。换句话说，在职场里，仅仅靠讨Boss喜欢，是无法创造历史的。你还得能胜任自己的工作，而如果胜任得足够好，即便Boss讨厌你，他也不得不用你，甚至提拔你。

再比如说异性吸引这事儿，有的男的就喜欢平胸，你说你胸部大，不能因为想讨好平胸爱好者，就给割了吧。割胸这事儿我没见过，但因为男的喜欢大胸去丰胸的，因为男的说她眼睛小去割眼皮的，我真见过。真是对自己下得去手，先不说花掉的钞票，就那个疼痛值，换来的只是另一个人的审美加分或手感加分，这值吗？喜欢就是喜欢，不喜欢不会因为你从A Cup变成D Cup就喜欢了。他用他的审美绑架了你的审美，而你，却永远不能够用大胸部绑架一个男人的心。

过分以别人的喜好为出发点的行为，其实多多少少带了一些软弱和奴性。而这个世界的所有赢家，最不具备的品质就是软弱和奴性。“被人喜欢”给你带来的实质好处，永远不如“被人敬畏”或者“此人很有利用价值”来得多。

《逍遥法外》的Annalise，在法庭和课堂上俨然就是女神，她的目的就是让委托人get away with murder （逍遥法外），至于他们是否有罪——“I don't care ”。

以目标为导向，其他都只是手段。管他法官不喜欢我，检察官不喜欢我呢，至少那些委托人的钱，可以归入我囊中，一个个胜利的官司，可以纳入我名下。所以学生们个个流着口水说“I wanna be her”。

而在自己的家庭中，这位犀利的刑法专家兼冷酷律师，一直有着小三上位和身为黑人的自卑，一次次地原谅出轨的丈夫，把自己折磨得疲惫不堪，甚至让好好一部律政剧秒变伦理剧。

也许小时候，我们脑子里或多或少都被灌输了“你要听话，这样我才喜欢你”的诅咒，导致现在一些人老爱发一些段子：中国父母和美国父母的区别……

其实这都是借口！一个失败者，不要把奴性归结于父母教育失当，这是对父母极不负责任的行为。你的人生自从你开始受教育，开始形成独立世界观之后，就是自己可以把控的。那些直到现在还战战兢兢地活在别人的评价体系中的人，受累于自己的软弱和不独立的思维方式，很天真地认为：讨人喜欢，可以换来物质和精神双丰收。

仔细看看历史，有成就的大多都是“毁誉参半”的人。你以为他们真的在意别人的评价吗？他们只在意历史的评价，而历史，会给他们最客观、最公正的定论，而不是小家子气般的“我喜欢他，我讨厌他”。

站在这个角度上看，我们大部分人，一辈子都活得不明白，永远“活”得很累，自觉不自觉地“取悦”一些毫无意义的人和事，被禁锢在别人的评价里，因为一个“赞”或者一个“踩”而情绪波动——是不是略显无聊。如果将这些时间用来让自己变成一个不管他喜不喜欢，他都离不开的人，不管他怎样给你凭分差评，都在心里对你多少有些敬畏的人，是不是就更有价值些？

我们大部分人，一辈子都活得不明白。

买买买，扔扔扔，才是女皇的态度

周末，小Z跟我在QQ上聊了很久，她说她很苦恼，跟我一样年纪大了，开始怀旧了，旧的不愿放，新的不敢来，真的痛苦到想死。

事情是这样的，小Z和前男友Y，在一起的时候也算是很登对，郎才女貌的指数都不高，所以总体来说般配指数就高了。没想到Y在工作之后逆袭了一把，因为不甘于平淡所以工作的时候还在孜孜不倦地考试和申请，终于拿到了北美一家排名不错的大学的offer和奖学金，远渡重洋了。然后俩人就和平分手了，小Z没哭没闹没上吊，这让我挺佩服的。

然而现在Y回国了，事实证明，出去一趟，气质还是有提高的。以前七十分，现在可以勉强打到八十分。然后，估计北美实在是太寂寞太空虚太冷了，他回国的第一件事情，竟然就是勾搭小Z。

其实小Z之前和一个小她一级的师弟眉来眼去已经很久了。师弟是带着婚约来追她的，意思很简单：Z你跟我谈一谈嘛，如果双方都没有问题，那我们就结婚吧。

小Z还挺得意，但是她有几个顾虑，比如师弟的家庭负担比较重，比如她不太喜欢姐弟恋（其实只差一岁啊）。

小Z一直犹豫不决，但是和师弟的眉来眼去就没有停止过，这下好了，Y回来了，又勾搭她了，到底是和Y再续前缘，还是和师弟接着眉来眼去呢？这让Z难以选择了。

有买卖就有杀害，有选择就有痛苦。所以Z陷入了痛苦。

Z说，Y其实根本没那么爱她，当年Y要出国做准备的时候她完全不知道，所以当Y告诉她消息的时候，她心特别冷，属于打碎牙和血吞的那种。她说了一句挺经典的话："二十多岁的人如果能相敬如宾，那肯定是同床异梦。"

我说："那你还纠结什么！都同床异梦了，都打碎牙和血吞过了，那当然毫不犹豫地选师弟啦！"

小Z又说："可硬件条件的话，现在Y还是比较好的，虽然人也就那样，但毕竟没什么坏毛病，师弟我还没有彻底了解过啊……"

我就说："那你就别耽误师弟了，如果Y适合结婚，那也可以勉强。反正大多数人的婚姻里就没什么爱情。"

小Z又说："可……师弟对我还是很好的，他做的很多让我感动的事情Y从来没对我做过！"

我想掀桌子了。这种谈话和劝导明明就是只能导入到除不尽的死循环里的。

选Y，师弟就是白月光；选师弟，Y就是红玫瑰——第一次知道女人原来和男人一样渣。

不过，小Z让我想起了买衣服这件事儿。以前特不待见一个女的，曾经想撸袖子揍她，就是因为和她逛街时，她想买绿的，觉得对不起黄的；想买黄的，又觉得对不起黑的……最后什么衣服也没买。我穿着高跟鞋陪她逛了一天，脚都磨出血了，人家大言不惭地来了一句："下周末咱们再出来逛啊！"

穷，不一定会有选择障碍；但有重度选择障碍，人一定会穷。

不仅是买衣服，换工作、换男人，左右摇摆了一年半载，还依然在左右摇摆，如果生来不是白富美的话，人生还有什么前途啊。

王菲有首歌叫《女皇的新衣》，粤语版的歌词真是句句戳心：

一百双鞋换上
未看出哪一双漂亮
不似恋人面相
得到后摆到家里怎看也一样

不要给谁卖账
减价后总有新货马上再登场

他既不能热吻
就当买错衫不要恨
总有双鞋合衬

商店内总有一个体贴我的人
一百双鞋换上
未看出哪一双漂亮
准我一时技痒
爽快地签账一概包在我身上

强烈建议小Z听此歌一万遍。“他既不能热吻，就当买错衫不要恨”，不管是对Y，还是对师弟。

选错了，大不了重新来过，总好过永远在选择，永远不下单，等到师弟和Y都有了女友，小Z一定又有新苦恼：要不要做小三，到底要不要？

有的人，一辈子都在做决策：有时对，有时错，错又怎样，就当买错衬衫不要恨啦。扔扔扔，才能买买买，这过程本身就是快意人生。

但有的人，一辈子都在犹豫：选A，B就更好；选B，可能C就不可以了；选C，可能还会有D呢……

歌里早就唱了，如果你有实力：

一百双鞋换上
未看出哪一双漂亮
准我一时技痒
爽快地签账一概包在我身上

如果你永远在犹豫，就一双也买不到了。

努力，也不是你变矬的理由

我今天是来吐槽一种观念的。我越来越发现，很多人不管做错了什么，不管做了多简单的事情，出了多令人吐血的成果，在你质疑他的时候，他都可以给你摆一道："我很努力啊！你看我加班了，你看我也不休息，你看我这么认真，这么努力，你好意思批评我、说我吗？"

一开始，我真是每次都被摆一道，心想：对啊，心灵鸡汤不是教育我们要看过程不要看结果吗？你看人家的过程似乎无可挑剔啊，每天都含辛茹苦，就差头悬梁锥刺股，所以我就忍忍吧……

后来，那些人一而再、再而三，我觉得不对劲了，凭什么啊？同样一份工作，A交的是满分答卷，B交的是零分，但你不能奖励A，B会跳出来说A没他努力；你不能惩罚B，因为B说，他加班加得比A多。

这叫用"努力"来绑架对方，和我在微博里说的那种用"我很爱你"来绑架对方简直有异曲同工之妙：我很爱你，所以我穷死、矬死，你也要跟我在一起；我很努力，所以我做出来的都是废品你还是要给我薪水。

怎么说呢，爱一个工作、一件事情，和爱一个人一样，是相互的。总不能说你又烂又尿，但是你足够爱，对方就要给你足够的回报。

再回来说努力这件事情。很多人只用力不用心，明明三个小时可以完成的工作，偏偏要做三天，还做成了一坨屎，空留给同事一个操劳的背影和委屈的表情。我觉得同事比他还委屈呢。

大多数心灵鸡汤教育我们，努力就会有一切，但无数事实告诉我们，菜场卖菜的可能比李嘉诚还努力，结果呢?

有的人带着脑子努力，有的人只带着四肢努力，这就是区别。

大多数人都不是蓝翔毕业的，干的或多或少都是“脑力劳动”，却有的人一点脑子也不用。其实即便是蓝翔出来的“高才生”，在开挖掘机的时候也是要考虑怎么挖才能挖出最高的效率来，也绝不是早上六点就钻进挖掘机，晚上六点才从挖掘机里出来，就是挖掘行业的No.1。

有句话说：想得太多读书太少。有的人却是：做得太多想得太少。前者只负自己，后者还严重干扰别人的工作秩序，真是可恶。

古话说，磨刀不误砍柴工，对照到现在就是，你开工之前先过脑子想想，这个工作到底怎么做，结果才最好，效果才最好。等到想通了，每个细节都想好了，最后工作花的时间少了，结果却非常好。但是你却只砍柴，不磨刀，脑子给猪拱了，然后和猪站在一条起跑线上。

退一万步说，用不用脑这事儿，别人强迫不了你。但是，用自己的努力绑架别人对你的评价，就是你的不对了。

再遇到这种人，踢死不商量。

你们也不要被“努力”感动了，欺骗了，然后傻眼了……

每个女王，都是自己和自己过日子的

我大学时候，宿舍一姐们儿跟我说："我妈这辈子没什么大出息，就因为我爸对她太好了，她太幸福了。"在这个姐们儿跟我说完此话三年之后，她的父亲不幸去世了。这个世界总是在和女人开各种各样残忍的玩笑，以上的事例完全可以证明这一点。

女人的天性注定了在感情里的弱势，如果生下来染色体没有异常，还是一个"女"的属性，那么，仅仅是凭着感性生活，注定要去寻求一份"安全感"，而这个安全感，大多数是要靠男人给的。一个安全的家，一份安全的感情，一个安全的未来，比什么养老保险、失业保险有安全感多了。然后守着这份安全感，变老，然后死去——这已然是众多女性最幸福的结局了，然而有几个男人肯给她们这样的结局？

大学姐们儿父母的事对我的震撼其实非常大，我当时甚至怕自己就如同她母亲一样，一辈子被关爱然后被上帝无情地夺走一切。

正巧在彼时，我的男朋友正在从对我很好不可抑制地转向对我很一般。我就拿此事激励自己——这没准儿是上天对我的恩赐呢。

事实证明，是的，伤害就是一种恩赐，这不是心灵鸡汤，这是赤裸裸的事实。

其实我是个很敏感的人，外表越大咧咧的人，内心往往越敏感。这和装×一个道理，内里越草包的人，外表越装×——人，真是不矛盾不成活。

正是因为敏感，而且是很贱的那种敏感，所以，男友对我一分的不好，会被我扩大到十分，然后委屈得不行。但时间长了我会发现，其实他对我没有什么不好，只不过是我的期待太高了，那么，人家做的一切，在我眼中都是不及格的。更别说，如果他做得本来就不及格，那么就该“天诛地灭、断子绝孙”了。

正如我一直说的，一旦把自己的幸福寄托在别人对你是Ａ还是ＢＣＤ上面，人生，就再也没有幸福可言。因为不会有人永远是Ａ，而且活得比你长，而且只对你是Ａ，对别人都是ＢＣＤ。

一旦把自己的所有希望寄托在别人身上，不管这个人是干爹、老公还是儿子，都一辈子是别人的奴，不会是自己的王。

说到女王，不得不提安吉丽娜·朱莉最近的电影《沉睡魔咒》，片子上映的时候我太忙，没来得及去看，这会儿才想起来，只好在家里下个枪版的，就着泡面凑合看。

即使在渣画质的折磨下，我的女王都美爆了。剧情不再是老套的王子公主的美好爱情，变成了女王复仇记。

我是多么爱“复仇”这两个字。我想每个敏感又牛×的女人都爱这两个字，比如香奈儿女士就说过：“我爱黑色，因为黑色可以毁灭一切。”多威武，多霸气！每个女王，都有一颗复仇的心，而复仇的心，多半是因为年轻时太敏感的心受过暴力伤害形成了永不消弭的伤疤吧。

仙女被割去了翅膀，恶狠狠地诅咒了国王的女儿，唯有“真爱之吻”才能唤醒公主，而女王早就知道，这世界上的一切真爱都是骗人的！每个女王都相信过真爱，然后发现“相信真爱”是世界上最愚蠢的事情，没有之一！

因为相信真爱，女王被割去了翅膀；因为相信真爱，我们身边的姑娘一次又一次地抹着眼泪自疗心伤；因为相信真爱，我们一次次期待又一次次失望……

女王和女仆的区别是：女王醒悟了，而女仆没有。

复仇只是手段，而复仇的结果是：女王释然了，这世界没有什么真爱值得付出，值得付出的只有心的自由。不被爱，亦不被仇恨左右的心智的自由，才是真正的幸福，才是女王之所以为女王的意义所在。所以，女王的翅膀回来了。转了一圈，她找回了本心，她不需要复仇，她需要的是做自己、爱自己，顺便爱一下值得爱的人而已。

所以，女王从来都是和自己过日子的，即使她身边有形形色色的男伴，即使她嫁为人妇。每一个王者的心是不会有男人可以百分百理解的，因而女王总是孤独的，然而孤独是美的，孤独会让女王更了解自己，更爱自己，也让爱她的人，更爱她。

你温柔的心，穿着一件重口味的防弹衣

刚工作的时候，我的顶头上司X小姐是个骨瘦如柴的女人，烟不离手，看起来比实际年纪要大上个五岁左右，非常显老。

不过，她抽烟的样子特美，特有范儿，以致我模仿了数年，都未能掌握其精髓。她干练冷漠，像一台机器，定好程序就自动运转，精确无误又了无生趣。

那份工作我并不喜欢，做了半年跟班之后就辞职走人了。辞职的时候，X小姐愣愣地看了我一眼，说："怎么就走了？""不喜欢。"

她说："很好，晚上一起吃饭吧。"

那是我第一次跟她吃饭，诚惶诚恐。

她说："你辞职的理由非常充分，祝你最终能找到自己喜欢的事情。"

我被她吓哭了，这几乎是她第一次肯定我，当然，也可以理解为：快滚吧，笨蛋！

不过，话匣子倒是就此打开了，她说她一直挺喜欢我的，觉得我跟她有点像，还问我谈对象了没啊，喜欢什么样的男生啊之类的问题——我到底哪里跟你像啊？师太，你人格分裂了吧！

当时，我对X小姐的判断准确说是：此人绝经，请勿靠近。而事实证明，每个“灭绝师太”心里可能都住着一个小龙女。

她既然来八卦我，我就要来八卦她，不是吗？“X姐，姐夫是个什么样的人呢？”

“没有姐夫，只有一个谈了七年恋爱转身就和另一个姑娘闪婚的人渣。”

X小姐不知是压抑太久还是对我一个马上就要离职滚蛋的人无比放心，喝了点酒之后，滔滔不绝地讲她的感情故事，竟然跟祥林嫂一般：谈了七年，初恋、初吻加初夜都给了他，谈了七年，为他来了北京，为他放弃了许多机会，然后七年之后，被X小姐培养出来的好男人转身迎娶白富美，走向人生高峰了。留下X小姐在身后，脑子里无数个“why”。

和所有痛苦的弃妇的故事不太一样的是，X小姐很快从巨大的黑暗中走出来，将自己全副武装成了现在这副样子。脖子上文了他的英文名字，忍着痛苦去洗了三次却依然洗不掉，换房子，换手机号码，换发型，换穿衣打扮的风格，就差去换血。然后疯狂地，不要命地，歇斯底里地——工作。

她掐灭一根烟，说：“我从一个黑暗，走到了另一个黑暗里面去。”

我忧伤了。爱，果然让人受尽委屈，特别是人渣之爱。它仿佛可以抽干一个女人的灵魂，让她成为一个死气沉沉的空架子，就像X小姐，除了她微闭着双眼抽烟的样子，我看不出她还有什么美丽的元素。也许那个七年间来了又走的人，把她的美丽一次性全部索取了去吧。浑蛋！

离职的时候，X小姐又恢复了严肃的样子，说了一些特官方的话，我还是不喜欢她。

巧合的是，我后来去的那家公司因为跟上一家公司性质相同，X小姐的大名在同事间如雷贯耳，同事听闻我曾经是X小姐的人，纷纷投来同情的眼光。“师太没把你怎么样吧，小妹妹？”

“还好啦，还好啦，师太只是说话太直接，为人太冷漠，皱纹有点多，胸部有点平……而已。”

关于X小姐的事迹，圈内传闻很多，她的职位也越做越高，光辉形象有如一个刻板的巫婆，面无血色地往权力之巅张牙舞爪地攀爬。

X小姐的手下神奇地成为一群离职过后混得更好的生物，每一个都在她那里待不了多久，但出来之后又备受新老板青睐。对X小姐的评价也没有超出那个范畴：太mean（刻薄）啦！受不了！死女人！

我再次见到这个死女人的时候竟然是在她的婚礼上。

我换了手机号并没有通知她，她给我邮箱发了一封请柬，我不得不以为是群发而忽视，后来她又辗转通过别人要到我的手机号，告诉我一定要去参加她的婚礼。也没有什么隆重仪式，就是几个朋友聚一聚。我又被吓傻了，X姐姐，我真的是你朋友？

后来的纠结是：红包包多少才合适啊？要买什么礼物啊？纠结之中收到X小姐短信：你要敢包红包就不要来了。于是，我很自觉地带着一个小白兔玩偶欢天喜地去了。

X小姐丰满了十斤不止，气色红润有光泽，鱼尾纹被胶原蛋白撑平了，胸反弹了，胳膊也浑圆浑圆的。我只想问一句：X姐姐，你出了什么事儿？其实她没出什么事儿，七年又七年，十四年之后，她又恋爱了。

她说："七真不是一个好数字，注定有情人终成ex。但既然爱情来敲门，再畏惧，也要试一试。"这一试不得了，直接未婚先有子。

X小姐辞职了。她说她失恋的七年过得太痛苦，她要用后面的时间找回那七年的青春。

我在心里骂她有病，但是看她又变漂亮的样子，也只好说一句：病得好！

记得以前看过一段话：一个女人如果面目狰狞，强而不美，一定是心出了问题。你以为她看透事实，雷厉风行，为达目的不择手段，但你再看她的脸，其实她自己已经不知道到底想要什么了。

X小姐是个极端的人，好像自己手中有一个爱情开关，要爱就疯了一般地爱，要不爱，她就什么也不爱。

我并不赞同，这太容易受伤。然而，存在即合理，她这么聪明的一个人，无论如何选择，都早已料到了结果。

婚宴后，X小姐把我拉到一边，亲昵地搂着我的肩膀。当我在心里大呼“姐姐，我跟你不熟”的时候，她捏了一把我的脸，说：“你跟我一样，喜欢装作满不在乎，伪装成重口味的样子。但总有一天，你也会和我一样，和其他女人没有任何不同……”No！X姐姐你这样诅咒我真的好吗！

后来我明白了，每一个假装重口味的人，内心难免会有个“小清新”；每一个说不会爱的人，心里都可会爱了；而面目冷酷的人，只需一根对的火柴，就可以烧上三天三夜，这就是人类啊！

三年过去了，X姐姐很幸福，我也过得还好。只不过她已经完全一副小女人模样，而我走上了那条不归路，成了一个表面上比较mean的人……

其实无论怎样生活，幸福就是殊途同归。

我信她那句话：我时常喜欢假装重口味，但内心清澈得无与伦比。

有时候给自己穿上抵御外敌的防弹衣是生活所迫，然而要记得：我们心里还是充满爱的。

其实无论怎样生活，幸福就是殊途同归。

要么给我爱，要么给我钱

早上犯困，躺在床上刷微信朋友圈刷到标题这句话立刻就醒了。这年头，一下子能戳到我心的句子也不多啦，段子手们都度假去了吗？

传说这句话是金星在节目上说的，我很少看节目，就不去考证了。据说原话是："等我女儿长大了，我会告诉她，如果一个男人心疼你挤公交，埋怨你不按时吃饭，一直提醒你少喝酒伤身体，阴雨天叮嘱你下班回家注意安全，生病时发搞笑短信哄你，请不要理他。然后跟那个可以开车送你、生病陪你、吃饭带你、下班接你、跟你说'什么破工作别干了，跟我回家'的人在一起。我们都已经过了耳听爱情的年纪，所以，要么给我爱，要么给我钱，要么给我滚。"

然后我去知乎上晃了一圈，果然有人来"讨伐"了，说什么金星这样说是"男权至上"的体现，公然说出这种视女性为附属品的话语，却迅速得到回应和扩散，女性真是甘心把自己当成商品啊……

我想说，这种人都给我滚开好吗？什么都能扯到男权女权，什么都能扯到拜金主义。

金老师对男女关系看得很透彻啊。到底怎么透彻我说给你听。

我身边有个姑娘，结婚又离婚，现在笃定终身不婚了，你知道为什么？因为被家暴了。而你知道吗，很多发生家暴的家庭，恰恰不是男的养女的，而是女的比男的要在工作上强势很多。

这个姑娘就是这样，工作上非常能干，雷厉风行，但却恰恰找了个什么都不如自己的老公。后来她抽着烟，眼泪鼻涕糊一脸的时候说过这么一句话："追我的时候真是什么不要脸的话都能说出来，感觉一天二十四小时全为我活着，感动得我想跟他一起去死。但你要知道，不要脸是全方位的，所以结婚后，他把不要脸换了个方向，于是我悲剧了。"

我还有个大学同学也是类似的情况，当年男朋友追她的时候，简直就是教主附体、丧心病狂，可以在宿舍楼前下跪，上课的时候冲进去说"我爱你"。结果，谈了俩月，连去趟超市都要AA制。

我想，大概男人的"爱"一共也就那么多，多半放在嘴上的，心里就剩不下什么了；而多半放在心里的，嘴上可能实在也是说不出来了。所谓"实干派"和"口号派"大概是不具备任何兼容属性的吧。

写到这里，我又想到了身边的很多例子，还有一句话："知道很多道理，却依旧过不好这一生。"因为，我们太容易被甜言蜜语吸引了。

我一个好朋友可以一边做俯卧撑一边同时给两个姑娘发暧昧的微信。我也见过一个已婚的哥们儿在我的婚礼上对我一个同事说："美女，能交个朋友吗？一眼就被你吸引了。"我有个更过分的高中同学，老婆怀孕在家，他跑到北京来对前任说："想来想去都是你好。"

一个好男人，一个时间段只能对一个女人好。但一个渣男，可以同时祸害好多姑娘。

而这些被渣男瞄上的女子，没有一点修炼，很容易三下五除二地就被拿下。因为“甜言蜜语”乃渣男标配，而我们，又太希望被甜言蜜语包裹了。

爱情是什么？想必爱过的人都知道吧，内心里翻江倒海，但是见到他时，可能一句都倒不出来。而再翻江倒海的爱情，归宿又是什么？不过是左手拉着右手，没有脸红心跳，却有小小甜蜜的安全感。而甜言蜜语只是调剂品，从不是必需品。那些拨开了甜言蜜语啥都给不了你或者根本没有想过要给你啥的男人，你就仔细想想那到底算不算爱吧，还是你太渴望爱所以太容易被欺骗了？

我问过我家狗娃爹：“你说一个男的如果真爱一个女人的话，会有什么表现呢？”

他说：“就是心甘情愿地赚钱给她花，倒水给她喝啊！哎呀，你不懂的，男人赚钱不就是给女人花的嘛。但是你得记得，你给我省着点花。”

虽然我抱怨过无数次我从来没有过过情人节，我抱怨过一万次我来“大姨妈”我男人从来不会说“你多喝水啊”，而是说“谁不来‘大姨妈’啊”，我抱怨过一万次我家男人比我的嘴还贱，但是，人家给我干活还给我钱啊！哈哈哈！虽然我努力的目标是包养他，但是我还是会假装他给我“零花钱”的时候很开心的样子。

其实呢，这个选择也是我大彻大悟后做出的，我不会告诉你我的前任就是那种讲的比唱的好听的人。

你曾经受过多大伤害，就应该有多大的觉悟，如果觉悟没有伤害来得那么重，那么，下一次的伤害就在不远处对你微笑呢。

当前任男友来借钱

我不止一次听到姑娘说："分手了，男朋友还欠我一万块钱，我现在该怎么办？"

我的建议是，找把刀，先把他砍了，再找个洞，把他埋了，说不定地里能长出一万块来。

本来吧，男女朋友把钱混在一起用也不是什么大事，但一旦分手了，你俩说得再好听，也就是普通朋友。那么就扯出今天的话题了，你被朋友借钱不还过吗?

自古银子无小事，借钱这事儿，天知地知你知我知，谁都忘不了。

上大学的时候，高中同学来借钱，我把我的生活费全打给他应急用了。结果，我快把自己饿死了，而他拿着我的生活费和女朋友去旅游了。最过分的是，他借完钱就没有再联系我了。我发过短信问："最近有点困难，我的钱能不能还我？"短信如石沉大海。

再次联系，是他结婚，给我发了个邀请函……

上班时候，有同事以不会网购、没有支付宝为由，让我上网给她买东西，买完东西还谢谢我，并表示下次一定去弄好支付宝，然后就一直没有然后了……直到我离开那家公司，她的支付宝都没有好，我代付的钱，她都没有还。

一个人找你借钱，可能有一万种理由。但是不还你的钱，只有一个理由：不想还。

我妈说："现在一两万块钱，犯得着找别人借吗？信用卡可以透支，京东可以白条，淘宝都可以花呗，除非买房啊、生病啊这种周转不开的事情，找朋友临时周转一下，其他的动不动就找朋友借钱，都是耍流氓。"

他对你耍流氓的时候，只把你当个钱袋子，钱袋子上面敷衍地写上"朋友"两个字，你还就当真了，被感动得稀里哗啦的，把自己的钱拿去给他做无抵押的无息贷款，到头来他不还钱，你还觉得"都是朋友，不好意思要"。

来来来，既然我们长得这么像肉包子，就自己吃掉自己吧。

所以，我现在对借钱的态度就两种：一种，我当你真朋友，你真遇到事儿了，借你的钱，你能还上最好，还不上就当为你两肋插刀一次。另一种，要钱没有，要命一条，打死我也没有。

不要为了"面子"和钱过不去。更何况，你借给人家钱你就有面子了吗？

最靠谱的就是爱自己

每次有人让我看《被嫌弃的松子的一生》，我都是拒绝的，无奈跟着朋友们还看过三次，简直看得翻江倒海。日本的压抑系杰作让人看完、哭完后没有爽的感觉，而是……想跟着主角一起绝望，有想死的感觉。

当年看完《人间失格》差点去看心理医生。他们把那种颓废与绝望称为“颓废美”，拜托，我接受不了。我不喜欢这种影视作品或者书，我还想快快活活地美成“老不死”。

松子讲出“生而为人，对不起了”的时候，我那内心涌出的绝望都快把我吃了。得赶紧关了电视，出去跑两圈才能缓过来。

今天从松子引发，我想讲讲一类女人的悲剧，真的是因为“缺爱”引起的。

上一份工作的同事Y，著名大学研究生，长着一副明星脸，肤白貌美腿长。我一直认为她要么单身，要么就应该有个视她为珍宝的男朋友。后来不小心撞见她男朋友，我三观就倾覆了——她男朋友是高中辍学就去酒吧驻唱的无名小歌手，胳膊上全是用刀划的口子，整个人弥漫出一种“死作”的气息。

我以为她跟这个人就是玩玩，乖乖女和文艺颓废男青年嘛，一两个月也就散了。直到我发现她简直就是男朋友的保姆，绝对不愿意加班，因为一下班就要冲回去给男朋友做饭、洗衣服，男朋友也不唱歌了，在家玩游戏。最可怕的是，她后来怀孕了，竟然流产后一天不休息，接着给男朋友做饭。年度最漂亮的“圣母病”患者，真是非她莫属。

后来我辞职了，也就没有太多的联系。偶尔看她在朋友圈里抱怨一番，说什么爱你你却不懂得……我不知道别人懂不懂，反正我是不懂，她为什么就要死心塌地伺候那个在我看来简直一无所长的男人？

然后，毒牙也辞职了（毒牙也是我前同事），到我工作室来，跟我说起了她的事情，我俩才大腿一拍地理解了，她就是现实版的松子。

其实工作的时候我和她聊过一次天。我问她过年去哪里过，她说在北京，反正不想回家，父母没离婚，但是早就分居了，从来就不怎么管她。她说从大学开始，她的学费就是自己挣的，不想要家里的钱，也不想见到父母的脸，觉得所有的爱都是她男朋友给她的（打完胎还让做饭这是什么虐恋），所以她非常珍惜，就和男朋友一起去过杭州（男人要去杭州酒吧唱歌）。

她对男朋友的顺从，简直到了令人发指的程度。以前我和她一起去人民大学逛过一次女人街，也就晚上八点左右，结果她男朋友一个电话，她就飞速打车回去了，无情地把我一个人扔在那儿吃馄饨。

但是现实却让人觉得难堪。她和男朋友条件上有巨大差异就算了，还这样死心塌地对她男人好。毒牙说，后来她男人想吼她就吼她，对她特别凶。

对了，我第一次看《被嫌弃的松子的一生》，也是Y推荐的。她说自己看哭了，觉得很好看，很感人。结果我就回去下载了，直接看疯了。

Y是比较典型啦，但是我发现身边还有类似的姑娘，大多是小时候没有得到家长太多的关怀，长大后就陷入了“不停求爱”的过程。

典型的表现是：圣母病，可以包容男人的一切，可以为他付出一切，并且真的发自内心无怨无悔；其实很自卑，觉得自己不配被爱，所以永远要不停地付出，想通过牺牲换来别人的爱，直至发现这种情况屡次失败仍然不知悔改；自己哪怕是洁身自好的乖乖女，也特别容易被坏男人吸引，对那种居家好男人完全提不起兴趣（这点真的有，我身边好几个这样的女生，完全看不上经济适用男，就喜欢坏小子）；特别怕犯错，特别怕别人看不上自己，不喜欢自己（世界上谁能让所有人都喜欢啊，包括如此可爱的我）；能够长期忍受痛苦的恋爱带来的痛苦，一次次原谅渣男，有一种无痛苦就算不上恋爱的错觉……

你们看看自己或者身边的人有没有这样吧。

其实即便不像Y这么典型，很多姑娘在恋爱中也会犯“缺爱”病。不过就是把爱看得太重了，恨不得把全世界都给他。

这一点，从小沐浴在爹妈暖暖关怀中的我就从来没感觉到。对我来说，女人的爱，不就是被爱吗？

如果你不爱我，我就坚决不爱你，没的商量。如果实在是没人爱我，我就把我所有的爱都给我自己，反正掂量掂量，以我的自恋指数，也够了。

爱情这事儿，爱错了人或者爱错了方向都是非常伤人的，伤到你觉得“生而为人，对不起了”，那可就是一叶障目，被“错爱”蒙蔽了生活。所以，最靠谱的就是“爱自己”。

生活里除了虐心之恋，能让你开心的事情有太多。所以，妹子，宁可缺德，别缺爱。每个人的爱就那么多，别都慷慨地给了男人，留下大部分爱自己，爱生活，爱我！

没有什么 ′...

比爱自己更重要

PART THREE

学会接受所有的不公平

品位与盲目优越感

早两年我一个同学结婚的时候，我打扮了俩小时，自认为低调奢华上档次，结果刚坐下来吃饭，旁边一个男的碰了碰我胳膊，说：“唉，你这件裙子真难看，像孕妇。”

Gogoboi红了以后，我第一时间就会想到上面那个人。他不仅说我像孕妇，还说右边的那个女孩儿牙黄，建议她去洗牙，说左边的那个大姐口臭，真的无法和她在同一个屋檐下共处……当然了，桌上有一个搞艺术的女孩，他对人家简直是膜拜。那会儿好像还不流行女神这个词儿，他的形容是：“哎呀，你的皮肤！你的皮肤！你的皮肤！让我词穷。你好像神仙姐姐……”

上周一个小聚会，都是女的，因此，有的小伙伴的确打扮上不太注意。在座的那位P小姐，简直把某位低调的律师的穿着给损得一文不值：“欸？你这个动物园批发的吧，你这个鞋子，一万年没擦了吧……你出门真的不化妆的吗？太可怕了！你们律所合伙人没觉得你形象有点不配职位吗？女人赚钱不就是买衣服、包包、化妆品嘛，你赚钱给男人花吗？哦，不对，你没有男人。”

律师同学好涵养，一直忍到结束。其间P小姐给我们普及了整容、护肤、奢侈品牌、穿搭常识，如果我的公众号交给P小姐打理一定比现在精彩得多。但是我告诉你们，她真的好讨厌！

P小姐和当年的那个毒舌男，夸夸而谈，说这个美、那个丑，回过头来表达的都是一个意思：我自己才是你们当中最有品位的那一个！

但是品位的一个重要表现形式就是：闭嘴！闭嘴！闭嘴！

尊重别人的审美也是一种品位。不是你挎着几万块的包包被人盯几眼，就算有品位、够吸引人了。当然，如果你觉得你穿的、用的让别人羡慕喜欢甚至色心大起，你感觉很high、很爽，这也没有问题。但是在别人面前，靠不停秀带来优越感，这就不是品位，这就像盛装打扮的唐僧，悟空有句什么话来着？好想把他的舌头扯下来绕在他脖子上——“咯”，整个世界清静了。

面对浮躁，我们也许可以做点啥

我觉得浮躁是现代社会的通病。我也是资深病患，很多时候感觉自己像无头苍蝇飞来飞去。但是还有比我更严重的：一份工作坚持不到三个月就说没前途，不干了；看一部电影都没办法保证从头看到尾要快进；没办法一个人过周末，一定要到处约，到处游；没法看完一本书，翻了个目录就着急拍照发朋友圈；还有一下班就要出去喝酒、看电影、逛街，一分钟都闲不住，一上班就发微博刷朋友圈，一分钟都停不下来……

如果你有上面的表现了，不要紧。因为这年头浮躁的人太多了，谁也不比谁沉稳到哪里去。娱乐太多，社交太多，信息太多，不专一又能怎样？又不会死！

虽然我也是浮躁的一分子，但是我真的……浮躁了一天之后真的超级讨厌自己！一天都干吗了？网上乱逛，群里瞎聊，屁事儿没干。所以我痛定思痛，总结了一些抗浮躁的小方法。分享给你们，有用就拿走，不谢。

1.不是我装，首要元素真的是读书。

我之所以还不是最浮躁的那一批人，完全得益于我没事儿还翻两本书。如果一个人不能从读书里得到任何乐趣，那他可不是无法独处无法安静吗？

当然了，为了杜绝浮躁就不要读什么哈佛商学院书单之类的了，读完能让你觉得明天你就能成功当上CEO，后天你就能顺利迎娶白富美了。有些励志成功和商业类的书籍，打鸡血太严重，助长了浮躁。文艺类书籍刺激你来一场“说走就走的恋爱，说做就做的爱情”什么的，也就算了吧。

静心是由内而外的。看看老年人写的回忆类书籍，才明白，人生不过如此，不过是踏实过好每一天。

季羡林、胡适、杨绛、沈从文、钱钟书这些大家晚年的散文集是要放在手边的，具体的书目不推荐了，大家去找找吧。大智慧都是类似的，看得通透，人生也就安静下来。

2.竟然是做家务!

没错！当你屁股像着火一样，想出门无聊地溜达一天，留在家里做家务是个很好的替代选择。一边洗碗一边听点轻音乐，一切收拾妥当了以后，面对一个整洁明媚的家，就更想留下来欣赏一部电影或者翻翻书啦——这才是生活啊。

3.屏蔽QQ群和微信群，不要上网追踪你暗恋的对象or你嫉妒的对象的动态。

QQ群和微信群很有用处没错，很多脆弱的同学关系、同事关系，有时候只能靠发、抢红包维持了，但你要沉迷于群聊，你看看吧，一天二百四十个小时也不够你聊的。话题之多，“画风”转变之迅速，保证让你一下午什么事都干不了。还有去微博翻老情人动态什么的，一翻就一下午，跟侦探一样。然后，你能告诉我你得到了什么心理慰藉吗？只有深深的痛苦。

4.运动。

没错，真的是运动。人有的时候会钻进牛角尖里，虽然钻进牛角尖看似专注，其实是一种大大的浮躁。为了研究一个无聊的问题或者人，天天搜啊搜，想啊想，翻啊翻，想停下来都做不到，但是运动可以。

休息不是睡觉，是换脑子。运动是可以强迫你从强迫的状态里出来的一种最简单方式，慢跑、快走、跳健美操、玩Xbox都行……

5.拒绝无聊社交。

有些局你其实觉得挺无聊的，有些人你也不是特别想见，但是你想，闲着也是闲着，就去约吧。然后一约约一天，约的时候再一不小心对哪个“小鲜肉”起了邪念，保证你三个月没法安心工作。

年纪大点的妹子，有三五个可以聊得来的，有共同兴趣、爱好、话题的朋友就够了。你又不是混江湖的，要那么多拜把兄弟刷什么存在感啊。

6.学一门“手艺”。

这要看个人爱好，这是可以让你在无比浮躁的状态下迅速安静下来并屡试不爽的神器。我的同学，一个女律师就练毛笔字。虽然我们嘲笑她学习苍老师“德艺双馨”，但是对于一个单身女青年来说，这个德艺双馨比一个人空虚寂寞冷于是去微信摇一摇好多了。

我倒是没有这个心境，没有艺术细胞，我就做做饭，想学习烘焙，结果屡试屡败。

7.养一只狗。

怎么说呢，养了一只狗之后，你可能也没太多时间和精力出去玩了，一边陪狗一边看书，也算是我的狗把家拆了以后对我的补偿了。

对了，加一条，不要过多地去关注结果。这是一个很难到达的境界，虽然大家说，凡事要注重过程别看重结果啦，但有几个人能做到？所以，多关注过程的乐趣，少在意结果给你带来的得失，不管是健身、减肥、读书、恋爱、工作，都带着这种“尽人事随天命”的态度，就会静很多。

别用屁股去证明谁对谁错

十多年前的某天下午，晴朗的春光温柔拂面，初一（三）班几名同学跑完了八百米，在操场上找了一块干净的草坪围着坐下，开展了一场主题为“男生牛气还是女生牛气”的辩论赛。

唾沫横飞，情绪高涨，虽然我不太记得辩论的具体言论是什么，但我依然记得某几位同学激动的表情，手舞足蹈的身体语言和最后不欢而散的结局。

十多年后，我们集体奔三。某位当时叫嚣着“你们女同学会来‘大姨妈’，所以学不好数理化”的男同学，大学读的是新闻专业，因为不好就业所以跟着老丈人经营家族工厂去了。某位捶着自己大腿说“你们男的都是狗屁”的女同学，已经生了第二个孩子。

看，我们其实都幼稚过。因为你是女生，所以你不容人质疑“女不如男”；因为你选了金融专业，所以你听不得半句“学金融可能不太好”的言论；因为你喜欢香奈儿并花大价钱买了一个2.55，于是你只要听谁说一句：“哎呀，用香奈儿的好low。”你就会跳起来恨不得揍她。

这些现象都可以用一句话概括：屁股决定脑袋。

前一段时间，柴静撕裂了微信朋友圈，挺柴和倒柴的纷纷站队，每一边都桀骜不驯，忧国忧民，吵得唾沫横飞，不过是为了证明：我是个正确的君子，而你错到离谱。而这种撕裂朋友圈的获益者，只有当初制造话题的那些人。

我们太喜欢为了证明自己“是对的”，突出别人“是错的”而付出巨大努力。

而有一种情况更糟糕，那就是，听不得半句“质疑”。其实“质疑”这玩意儿，有时候是来自于真正关心你的人，而大多数时候，来自不相干人等。说白了，这些人也超级无聊的，本来跟他没啥关系的事儿，非要评头论足、指点江山。但我告诉你，你活一天，这些无聊的人就活一天，你不死，他们就不会死。那么，无聊的人占你交往圈的大多数这就是一个客观事实，不要去叹：“哎呀，这个事实怎么这么残酷。”因为再残酷，你也要坦然接受。

昨天，T小姐跟人在网上大吵了一架，不过是因为T小姐是公务员，同学群里的某位口臭资深患者来了一句：“公务员有好人吗？”让T小姐不淡定了，于是翻箱倒柜地找工资条，找加班证明，为了向全群的同志证明：公务员是廉洁奉公、伟大光明的。

其实，who cares？那位口臭的不过为了过过嘴瘾，其他起哄的不过为了消磨无聊时光，谁在意你是光明伟大还是龌龊肮脏？口水仗结束，人家该出去喝酒出去喝酒，该关灯睡觉就关灯睡觉了。空留她一人，被气得流下了泪水，更严重的是，她开始思考要不要辞职去旅行。

我还见过为包吵架的，为品牌吵架的，为对婆婆的态度吵架的，还有，为了一个明星吵架的。

这让我想到十多年前那个主题为“男女谁更牛气”的辩论赛，这个本身就无解的话题，因为一半参与者是男，一半参与者是女，大家为了维护自己天然的属性，花了一整节体育课的时间，吵出了要彼此绝交的结局。

大千世界，很多争论是无法避免的，然而在我们微观层面的生活里，大部分的争吵却是毫无意义的。你仔细回想，你的出发点，不就是为了证明自己的某个决定或者某种属性是天然正确的吗？然而事实是，正确就是正确，再质疑都是正确的，错误就是错误，结局将让你尝尽苦果。

为了“屁股决定脑袋”这个坏毛病，花上众多的时间与精力去争执，到头来绝交就算了，还搞出一个“怀疑自己”的恶果来，有意思吗？

凡事不要过多地去关注结果。

我们该去哪里寻找答案

总会收到小朋友的邮件，问各式各样的问题，我不怎么回不是因为冷漠，而是因为有时候的确不知道怎么回。

我自己是一个非常难于开口问问题的人。回想起噩梦般的高中，曾经被数学老师劈头盖脸地乱骂一通："你就是不喜欢问！不喜欢交流！不喜欢沟通！不然你应该可以得满分！"后来，我用事实证明了，不问我也可以！后来有了互联网，简直就是我这种不喜开口的人的福音，百度、谷歌是我的恩人啊！至于百度、谷歌解决不了的问题，我喜欢点上一支中南海或万宝路，抱着我的任何一条狗，裹在毯子里，眯上我的小小内双眼，苦思冥想。因此，我还蛮得意的。

也许是我生活的圈子里奇葩女青年太多，软妹子太少，所以也习惯了。比如我的同事毒牙就是一个话特别少的人，几年前，她和一个白羊男恋爱得如火如荼，可惜，白羊男玩起了人间蒸发，突然就消失不见了——人间蒸发简直是世界上最恶毒的分手方式，没有之一。不知道毒牙是怎么度过内心那道坎的，就是想提刀杀人但是找不到人的挫败感。

但事实情况是，当我知道这件事的时候，毒牙已经走出阴霾了。只不过在事后开玩笑一样地说："玩消失玩得也不彻底，最后出现了，我把他地址要来，把他所有东西寄走，到付。"

我还知道这段时间里她学了探戈、吉他、架子鼓，同时进化了厨艺。也许这就是她寻找到的"我该怎么把失恋之伤埋葬掉"的答案吧。

也许于她而言，恋爱只是为了让自己更幸福。如果不幸福了，就用别的方式来替代恋爱获得幸福，仅此而已。

回到邮件的问题，我收到很多邮件，有些能看出来是群发，把我名字都写错了，张冠李戴，可见是有多着急，到处求救；有的妹子真的是死忠粉，知道我的爱好，知道我的语言习惯，信也写得非常认真。但是我一般都没有回。

因为总结起来，不外乎四类问题：我和朋友、家人处不好怎么办？我和工作不对付怎么办？我对前途很迷茫怎么办？我和男朋友遇到问题了怎么办？

这些问题在我这里全部无解，原因只有一个：我不是你。

我理解热锅上的蚂蚁的感觉。你的生活突然变了，本来在一条阳光大道上走得好好的，面前突然出现了一条污水沟，你迈不过去，跳不过去，也游不过去，你盯着臭水沟深呼吸了几秒钟，然后哇的一声哭起来。以往你哭的时候，你爸妈、你爷爷奶奶、七婶八舅舅都会过来哄着你："乖乖没事，有我们在。"但是突然有一天，你发现你把喉咙都哭破了，也没有人渡你过沟，你意识到：你要么就哭死在臭水沟前，要么就淹死在臭水沟里。你绝望、你挣扎而又不甘心，所以，你本能地求助身边的一切人，包括网上的你、我、他。

有时候，大家会七嘴八舌地给点建议。乍一听，觉得谁说的似乎都有那么一点道理，但是问了一圈，你的问题还是你的，你依旧痛苦、依旧挣扎，依旧闻着臭水沟里腐朽的味道。这是不对的！

我来分享下我的看法。做工作室以来，我和毒牙总结：平均每三个礼拜，我们就要把原先的想法和计划全部推倒重来一次；每天都要想无数遍的问题就是：下一步怎么办？用毒牙的话说："每天都在玩心跳啊！"但玩着玩着就习惯了，还挺开心的。

生活里出现问题才是你进化的动力，如果一直顺风顺水，那么离死一定不远了——这是真理，我说的。

其实呢，我是个急躁的完美主义者，这是种病，这种病的表现就是：希望事情完全按照理想主义的轨迹前行。如果不理想，就会焦躁。

生活就像一把剑，不停地用焦躁打磨我身上的倒刺。终于，我屈服了！事情从来不会完全按照你预定的方向发展，除非在梦里——这也是真理，上帝说的。

那怎么办？在这点上，我的同事毒牙比我淡定许多。"有问题解决问题，有困难克服困难，有痛苦忍住痛苦，嚷嚷和急都没用。"

想到这个又讽刺了一把，去年和二丑合写的《莫急，你要的岁月都会给你》，我真是厌恶死这个书名了，又村又土又心灵鸡汤，完全不是我的风格。然而经过这半年的摧残，我竟然觉得这个书名虽然乡土气了一点，然而很对啊，简直就是地摊文学中的良心作品！

其实，我发现，人一旦陷入到无头苍蝇状态四处“乱”找答案的时候，大概都会犯同一个错误：忘记初心或者为了宣泄情绪甘愿忘记初心。

比如说失恋。恋爱是为了什么？为了俩人在一起比一个人在一起更幸福。如果已经不幸福了，俩人在一起你感到比你一个人的时候更孤单，那么毋庸置疑，这段恋爱已经失去了初衷。如果你愿意为一些世俗的原因容忍它的变质，那么你就要承受这种变质带来的痛苦。承受了，想通了，也就好了。如果你不能接受，那么，分手，熬过那难过的几周，开始新的生活，也就好了。

然而有些妹子不这样，她待在那个坑里，反复问一个问题：他为什么不是以前那个样子了？我们以前很好啊！我想不通啊……其实，不是她想不通，是她不愿意想通。

事情总是在变的，很不幸，事情超出了她的舒适区，而她还愿意停留在舒适区继续痛苦地“想不通”。

比如说人生选择。考研不考研，辞职不辞职，关键在于，你想要什么？你想要更高的学历以后更好找工作，那还废什么话，赶紧考研。你想要早点步入社会把自己的愚蠢磨炼掉，那还废什么话，摆地摊都不要去考研。你想突破自我看看自己到底能蹦多高，而现在这份工作只能吃喝等死，那还废什么话，辞职！如果你想要安安稳稳，不喜欢变动，只想下班后回家烧两个小菜取悦下男朋友，那么，千万不要轻易辞职……

我们去哪里寻找答案？绝不是任何无知网红（比如我）那里，不是任何你来问我来答的栏目里（羞涩地表示我开过这种栏目）。而是，你的目的那里。

所以，每个人的答案都不同，因为每个人的追求不同。任何答案都可以是合理的，因为任何追求都是值得尊重的。

然而，停在原地不停问“该怎么办”的时候，你该想想，你的追求是不是早就湮没在拖沓、虚无、磨叽的日常生活之中了。如果是，捡起来，不要再问了，自己找！

任何追求都是值得尊重的。

Trouble is A Friend

某天看到一句话，觉得非常有道理：和完美主义的人交往，拖延简直是一定的。这一点我深有体会。不要看我说话糙得很，其实我是一个一度完美主义到病态的人，甚至出现了为了完美主义反复强迫的状况。记得很清楚，高中考英语要涂答题卡，我不允许铅笔的痕迹漏出答题卡小框框一点点，因为比较擅长所以我往往很快就答完了，然后反复地看答题卡，看有没有漏出来一点点什么的，结果总是最后一个交卷。为啥拖延？因为拖延的恶果不严重，又能满足自己的完美主义强迫症呗。

中学时期住在家里，爹妈还是很配合我的完美主义的，反正除了学习我也不用干别的。可是问题来了，我大学第一次陷入到人生的低谷，在宿舍的床上哭到捶墙的那一次，不过是因为去自习室发现书没带，奔回宿舍发现钥匙落在了自习室里，好不容易去自习室拿到钥匙，又接到保卫处的电话，说我把户口迁移地址填错了，要联系户籍所在地派出所改证明，然后打电话给我妈，被我妈骂了一顿。然后，我崩溃了。我难以相信我这么追求完美的人会过上混乱的生活，然后上帝仿佛在嘿嘿发笑：“妹子，你还得过一辈子这么混乱的生活啊！”——上帝他老人家说得很对！

喏，都别拿“完美主义”当幌子诠释自己的无能了，所谓“完美主义”都是爹妈宠出来的，太傲娇，认死理，不能够多线程工作，无法处理应急情况，分不清事情的轻重缓急，喜欢钻牛角尖……扔到人民解放军某部队喂猪三个月，估计包治百病。我现在的“完美主义”好了很多，也不过是因为实在没人给我因为“不完美”而发出去的情绪和脾气埋单——没人理啊，那就只好自己治愈了。

昨天刷朋友圈刷到一个小伙伴推荐Lenka的歌，*Trouble is A friend*，标题非常精准，什么完美主义，就是不承认“trouble is a friend”这个铁打的事实。基本上，只要还活在现代社会中，从你睁眼起床的那一刻起，就必须面对麻烦。比如说马桶突然堵了，你的宿便排不出，再比如一起床就发现你的钱包被狗吃了（真的，我家狗就喜欢吃我钱包），钞票碎了一地，没钱买早饭，早饭摊又不能用支付宝付账，然后你好不容易上了公交，公交车抛锚了，你打车赶到公司，boss把你解雇了……

Trouble如影随形。

拖延症就是卡在一个trouble上动弹不得，暴躁狂就是面对很多个trouble的时候情绪失控——不过是因为不够爱“trouble”。

如果真的把它当伙伴，不把它的出现当作灾难，而当成吃饭一样稀疏平常的事情，它来你不骄不躁，该处理的处理，该冷冻的冷冻，该无视的无视，生活马上就会明媚很多。

既然它的永不消失是个事实，那么为了让自己过得好一点，只好和它握手言和了。

永远不要嘲笑年轻人幼稚

好久以前听《罗辑思维》有一期，罗胖好像是在讲什么互联网思维（具体记不得了，那期内容应该一般），说他同事去参加一个年轻人的什么互联网聚会，他不知道哪根神经一激灵，突然间觉得很可怕，因为他觉得自己落伍了，对年轻人的东西开始有些抗拒，不愿意接受——这就是老了的表现。

这里插播一下，我真的挺赞罗胖的，为什么呢？不是他的商业模式、内容什么的真的太赞、太好，而是这个人的思维方式非常谦逊，不偏激，非常包容。这是用做学问的态度在做新媒体，而不像某些人只是迎合大众博眼球，这一点现在很难得了。

回过头来说今天的主题。罗胖虽然比我老很多，但是他的感觉，我真的有时候也有，而这的确可怕。这种开始鄙视后来人的做法，跟年纪无关。

这是一个怪圈，“70后”觉得“80后”肤浅幼稚，“80后”觉得“90后”不可思议，你们看着吧，“90后”鄙视“00后”的日子也就在这么几年了。

比如我现在和很多人一样，无法理解热播的各种“神剧”是如何获得那么多观众的，无法理解TFBOYS的粉丝为什么总能把他们刷到话题榜，不能理解为啥北京的中学生可以在地铁里热吻，不能理解现在的一些大学生为什么会有那么神奇的审美观和那么浮躁的价值观……但是每次不能理解的时候，我都强迫着告诉自己：存在即合理。谁没年轻过？

大多数人在年轻气盛的时候，都曾经试过用一些看起来很傻的方式企图向世界证明自己有多牛。而这种时候他们最讨厌听到的话就是：“你们啊，too young， too simple。”

可悲的是，也许过不了几年，这其中的大部分人，脱离了自己的热血时代，转眼就变成了让另一群人厌恶的“前辈”。摆着一张扑克脸，跟比自己小不了几岁的人说：“你不应该做这个，不能够做那个，因为你太年轻，你不懂……”

的确，经验值是有加分的。但世界的前进靠的却是好奇心，甚至是有些冲动的好奇心。而这种好奇心，那种摆着扑克脸想都不想就说No的人是绝对不会具备的。

2013年的时候，看见李嘉诚投资比特币的新闻，我深深地感叹了一下。李嘉诚，1928年出生，到了2013年，他仍然可以对世界充满了好奇心，对新事物充满了包容性，即便对于“比特币”这种充满了争议与不确定性的新鲜事物，他也不会上来就“too young ，too simple”地给判一个死刑。也许，人活到一定岁数，经验值已经爆满，如果再保持着对世界的好奇心，他就无往不胜，无所不能。

而多少年纪是他三分之一、四分之一的人，现在都开始在给后辈们出新的方案与意见，提出自己的新想法，然后扑哧一笑：“呵呵呵，年轻人……”

有些人，死得很慢，但老得很快。

对世界要充满包容和好奇，才能跟着这个时代摩擦、摩擦，摩擦出魔鬼的步伐。

比你年轻的人也许的确比你幼稚，经验不足，视野也狭窄，他们也许非主流，他们酷爱洗剪吹，他们为《小时代》泪流满面，为偶像打口水仗，说话满是网络词汇，他们提出的方案也许不够保守，他们处事的态度也许还有些“激进”，但就事论事，不要以“年轻”为由，去否定他的各个方面。因为他们偶然间冒出的看似不靠谱的idea，很有可能就是时代的火花。

居高临下、趾高气扬的人，不容易再接受新鲜事物，容易丧失好奇心，这意味着，他更容易老。

在探索世界、追寻人生的过程中，人人都是“年轻人”，人人的认知都不会是高大全的，既然都在一起且行且进步，那么一些稍微走在前面的人，满瓶不动半瓶摇地觉得自己拥有一些经验值上的优越，可以用鼻孔来鄙视后来人，那么，请记住那句话：长江后浪推前浪，前浪死在沙滩上。

踏实点，你就与众不同了

说到时间这个东西，对任何人都很公平。你的一秒钟，到别人那儿绝不会变成两秒（当然，局限在地球这个范畴）。

但人总是很奇怪，天天嚷嚷公平，却总不希望自己“被平均”，于是在这个世界上最公平的时间范畴里，我们希望自己更有效率，醒着的时间更多，活得更长……

高效是好的，活得长也是好的，但是速成这个事儿，我实在觉得……怎么说呢？

以前我常去一个论坛，那里有一个神奇的版块，那个版块里面经常讨论的一个问题是：薪水。有的人很喜欢发这样的帖子：唉，来个年终总结吧，今年工资××万，奖金××万，各种其他收入××万，家庭年收入××万，老爸还给了××万……实话跟你们说，在我刚工作的时候，特喜欢去这种论坛找吐血的感觉。每次去看都疑惑，我和他是不是一个世界的人啊？估计跟我一样吐血的人也是有的，然后有人就会回帖问：求大神指点怎样年薪迅速达到××万，年收入达到××万。而大神会轻描淡写地跟你谈谈跳槽、行业、投资和理财什么的。

当然，后来随着“阅历增长”，我发现大神有时候也会浮夸地吹吹牛，人家爽了，可怜的是“小透明”却拿着“速成秘籍”不知道奔到了哪条不归路上。

“速成”有时候跟“圣诞节”“情人节”一样，参与者众多，火得一发不可收拾，却是极具有商业目的的。

“速成”减肥，一个月三十斤不反弹，你信过没？我信过，买了药，差点把自己吃死。

“速成”英语，你信过没？我信过，花了两万多，当年我可是学生啊，怎么就花出去这么一大笔钱，结果去了发现，这骗人的英语教学机构比学校免费的老师和课堂差远了。

“速成”读书法，“速成”职场升迁秘籍，“速成”把妹法，“速成”泡男神法……

最悲哀的是，当你看图书的排行榜，排在前面的永远是各种速成法和变形速成法。好的经典，永远卖不出去。这到底是个什么时代呢？

我小时候练琴，老师是非常老派的钢琴教师，总是让我弹各种练习曲，完全不给我各种可以出去秀琴技的谱子，跟我说：“台上一分钟，台下十年功。”当然，这迫使我十分讨厌钢琴，没多久就坚持不下去了。但是当我知道现在在考前临时练那么一年半载的，就可以报钢琴专业，然后以此糊口，我还是十分佩服当年老师的功底和对专业的坚持的。

如果只是业余爱好，“速成”没有大碍，谁也不会去追究你的琴技；如果作为终身职业，那么速成与非速成，差距就太大了。

我真的相信“一万小时理论”，一万小时的悉心+用心钻研，可以让你对一个细分的行业有深入了解。融会贯通，也许用不到一万小时，但绝不是三五天、三五个月就可以学成出山的。然而，我们却被各种噱头迷惑了眼睛。

时间依然是最公平的。即便A与B一样努力，而A将成功寄予在短时间的速成上，B将成功寄予在努力+时间+积淀上，时间回报给B的，从长久来看，一定大于A。

我们可以花时间去钻研如何更高效，却不要花心思去指望速成。

有些东西，努力了，结果如何，也与时间成正比。昨天看《激荡三十年》看到20世纪80年代的“东北君子兰”事件，就是突然之间，东北某些省市的街头巷尾开始流传着“××家的君子兰被外商用一辆汽车换购”“××家的君子兰被三千元买走”，于是，满城尽是君子兰，最后只剩下捧着花盆哭的欲以一盆君子兰发家致富的老百姓们。

而“君子兰事件”的变种，在这个时代不停地上演。你依然处处可以看到各种捧着君子兰的脸：买这只股票，傍这个富婆，认这个干爹，你就会从此飞黄腾达……当然，未来的“激荡五十年、七十年、九十年”会把当代的这些君子兰们写进书里，反衬时代的进步与悲哀。

时代越浮躁，越要提醒自己：踏实点，你就会与众不同了。

懒癌患者的一线生机——如何懒且高效

我用键盘敲下这个题目的时候，觉得是个伪命题——怎么可能懒惰且高效？后来仔细一想，并不是伪命题，只有懒惰且勤劳这么一对完全反义的词语才没有交集。懒惰和高效，虽然交集不算大，但必然是有的。

虽然我一直希望自己是个勤劳的人，像蜜蜂那样嗡嗡嗡地采花酿蜜一刻不停。但是实际上，我是一个资深懒癌患者。虽然还没有放弃治疗自己的懒癌，但是从以前二十年的治疗进展来看，治愈的希望几乎是看不见了。

但是我的生活仍然一片光明，因为经常发现一些比我勤劳很多的人，发生了早起的鸟儿被虫群殴的惨状，于是就“我懒故我在”了。

我一直认为一种人最悲哀，就是别人只用二十分的努力得到了八十分的回报，他却用八十分的努力，得了个大鸭蛋。有人说这是“双Q”（IQ+EQ）的问题，我承认双Q固然很能毁人，但是勤快错了地方而造成了整个人生的效率降低，也是人类特别喜欢犯错的领域。而这一点，懒癌患者看得特别清楚。

言归正传，以我专注懒惰二十年的经验，谈一谈如何懒惰且高效的心得。

第一，也是最重要的一点：坚定不移地做自己喜欢的事。

我是摩羯座，人家说摩羯座是工作狂、学习狂，我的大学室友得笑抽过去。我的室友A曾经说：“你逃课的次数按照学生手册上的标准来判定，足够被退学无数次。”作为一个大学时代的纯学渣，我不仅逃课我还不写作业，我不仅不写作业我还给同班同学起各种外号，我不仅不团结同学我还欺负低年级小学妹……如果让我的大学同学给我写下第一印象，一定是众口一致的：懒。

那会儿的确是懒散，主要是很缥缈，不知道自己要干吗，成天瞎晃荡。后来工作，再后来自己做事儿，原本认识我的人都惊呆了——你又变回摩羯座了？我只能云淡风轻地说：“你太不了解摩羯。”摩羯不喜欢的事儿一分钟都如坐针毡，遇上喜欢的，把命豁出去都要做好，请叫我们摩羯“选择性工作狂”。

这一点我深有体会，因为自己从来不是一个善于逼死自己的人，但一直是一个擅长给自己找到方向的人，知道自己喜欢什么，做什么的时候能够钱与喜悦齐飞。当钱与喜悦齐飞的时候，高效来了，懒也不见了。这种状态下，什么计划书、什么每日完成表，都不需要，因为你满脑子都是事，每分钟都在创造，还要什么条条框框的规矩。所谓懒有懒福，说的不就是我吗？

所以，勤劳的小蜜蜂们可以去尝试各种高难度动作，但是对我们这种懒癌患者，我还是建议优先选择自己喜欢的事情——你那么懒，没有爱好，五分钟都坚持不下去，五秒钟都是煎熬，就不要太高估自己的耐力了。

第二，坚定不移地不做自己不喜欢的事情。

2007年的时候，师兄就拉我炒股，我说我从来不是投机分子，这些我不懂也不感兴趣的领域我不做。后来师兄在股市里赚了一大笔，过来说我笨，不听老人言，我一点也不后悔。我深信自己绝对不是炒股、理财、买彩票的好材料，一直抱着大盘再好也绝不开户的决心——因为不喜欢，所以无法专注，如果无法专注，那么做好就是老天赏饭，但是老天从不轻易赏饭，想想就算了吧。

这一点我特别得意，再大的诱惑，我觉得自己实在提不起兴趣就真的可以拒绝。金山摆在面前不敢说，摆几斤金条是买不动我的。但最近一段时间，我真的发现有的年轻人为了另一家公司多给八百、一千元的工资就换工作，放弃自己专业，放弃自己所爱，我表示理解无能。千儿八百的改变不了你的生活，顶多你攒上半年换个iPhone6，但却让别人看到了你毫无主心骨，完全跟着一点点钞票走的节操。节操丢了，才是真正损大发了的事情。你纵然六点钟就爬起来跑步，七点五十就去公司刷卡，但你真的知道你想要的是什么吗？

努力不是口号，努力是在一个既定方向上曲折前进。但有些人的努力，在我看来就是形式主义。吼一声："我要努力了！"然后起得早，睡得晚，看似一天都在忙碌，但实在没有出任何成果。大概是因为——没脑。天天让我任务满满就够了，其他的我不想——这是多可怕的事情，你和工具有什么本质区别？

对了，跟人交往也一样。喜欢的，空下来就想聊聊天去，不喜欢的，怎么约都拒绝。友谊为啥是珍贵的？因为不是什么人都值得你产生友谊，别以为朋友多就怎么样，我们又不是混世的，知己三五，能解你忧，懂你愁，分享你喜悦足矣。无效社交浪费的时间还不如用来睡美容觉。

第三，依旧很重要的一点：不该计较的地方真的不要计较，该死磕的地方真的需要死磕。

我一直认为在超市排队买打折临期产品和天不亮就跑去菜场买菜的大爷大妈们非常勤劳，但是为了一根葱，可以和卖菜的吵上半小时，我实在看不明白勤劳的意义了。

有限的生命应该用在无限有趣的事情上，特别是对我们这种懒癌患者，本来就睡的时间比别人多，再把醒的时间用于斤斤计较，那岂不是太可悲了。

大爷大妈们的菜场炫技你可能觉得离你太远，但现实中不该计较你却死磕的情况太多了。他干的活比我少凭什么赚得比我多？然后纠结到什么事情都干不了，给同事摆脸色，跟老公抱怨。还有失恋了，就跟自己死磕，我凭什么失恋？我为什么失恋？我失恋了我又没有死，我好痛苦——祥林嫂一般叽叽歪歪，该看的书没有看，该做的工作没有做，然后deadline到来，就看起来很忙的样子。

反过来，真正应该重视的事情却太容易忽视。H小姐最近就是这样，好不容易换了一份薪水和职位都让自己满意的工作，因为和男朋友吵架，天天魂不守舍，迅速被老板穿了小鞋，如今是没了男朋友也搞不定工作——因为一些鸡毛蒜皮的破事和男朋友往死里磕，谁也不让谁；而工作需要严谨、负责、有态度，需要死磕的精神，H却瞬间懒癌附体，混混了事。

人生是有权重的。也许五十年后我们的权重全部在于买菜带孙子，但是现在，再懒也要把权重拨给工作和提高自身。如果权重错了，在错的范畴里再勤劳也是无用功，真的还不如睡懒觉、打游戏，好歹落一个脑子空空又轻松。

我们懒癌患者是很悲剧的，因为懒，时间比小蜜蜂们少多了，当然要在效率上优先它们一点点。做该做的事，做喜欢做的事，做事的时候火力全开，然后随便怎么懒去。

世界是小蜜蜂的，也是我们懒癌患者的。我始终相信这一点，共勉。

坚定不移地做自己喜欢的事。

你知道万物皆变，却从不伸手拥抱

我知道很多人活在不确定性的痛苦中，就像前一阵子一个小伙伴给我发微博私信：毒舌，我男朋友的专业不好，我不确定和他在一起有没有未来。当时我心中就咯噔了一下，我真是个愚钝的人，你说我上大学谈恋爱那会儿，怎么就没有想过这种深奥的问题。我在现任老公之前还交过几个男朋友，现在想来，那都是惨绝人寰的专业啊，什么涡轮制造、建筑防火……如果以专业论英雄，我该死死抱住那个学计算机或金融的大腿，永不放手。

人的世界观有很多种，但有一种世界观一定会带来人生痛苦——那就是狭隘。

上午洗碗的时候，我在听《罗辑思维》（强烈推荐洗碗、做操的时候听罗胖，三观不狭隘，通俗易懂，为人亲和，又是我们大安徽的老乡）的《有种失败叫作闹剧》，讲张勋复辟那段的事儿（对历史不感兴趣的同学可以直接略过，跳到最后，听罗胖理论联系现实的那一部分）。从张勋失败的故事里面我们得到两点：第一，玩政治的不要相信人（这点就不展开了，反正我们也不玩）。第二，现代社会里，不要相信契约关系。这一点很难理解又不难理解：比如说你刚毕业，羡慕别人的起薪是八千，而你的起薪是五千，但是这个薪水一定是动态的，根据你在企业里的位置和贡献变化的。如果你纠结在五千与八千的区别里，未免视角太狭隘了。现代社会的契约，实力才是基础，如果你有实力，完全可以撕毁契约、拟定契约、改变契约……你不会被一纸劳动合同牵上一辈子，你永远是动态曲折向上的。

我忍不住想到刚毕业那会儿，真的是全民在比薪水的节奏：那个院平均薪水八千，那个院还有一些人没有找到工作；上铺她去了快消，多少多少钱，隔壁宿舍谁谁签了哪儿，解决户口……

赞一下我的先知先觉，当时就觉得此事太无聊，虽然实在不知道哪里无聊，但总觉得毕业的薪水绝不是决定人起跑线的东西。于是，不过五六年过去，有人从年薪十万变成了年薪十二万而已，有人从零年薪变成了一群人中最富有的……我想，再过去个十年二十年，差距还会比当年所想的更大。

所以，当时我发了一条微博给那个妹子：我不知道你的男朋友有没有未来，但是我知道你们之间一定没有未来。因为她看问题的视角太狭隘，这不是一个专业的问题，因为今天，可以就专业发出疑惑，明天，可以就起薪发出疑惑，后来，可以就别人升职了而他原地踏步发出疑惑……永远在疑惑，永无消停之日。如果怀疑男朋友的人品、努力程度、三观、生活习惯，这都是可以理解的，因为这些东西烙印在性格里，很难改变。然而专业、毕业学校、家庭收入这些，真的是十分动态的因子，可以影响开头，但绝不能影响结局。

有的人牛，是因为把疑惑都化为了行动；有的人傻，是因为把行动都化为了疑惑。

我个人特别讨厌互联网流行的“屌丝论”：人家那么牛×，是因为投胎投得好，屌丝们放弃吧。自嘲也就算了，最厌恶的是有些人拿这些莫名其妙的话去打击一些起点低的人——这都是命，放弃吧。

有能力改变命运的人太多，上到布衣皇帝下到卖菜卖出模式来的各路土豪，被夸大的，被忽视的，不需要再去举例。然而，成功永远不属于那种带着狭隘视角去看自己的未来，去看别人的未来的人。可网络上有一些掌握话语权的人，却非常喜欢用这种狭隘的三观去哗众取宠，分分钟传递负能量，把一切成功归结于爹和干爹，把一切失败归结于爹和没认到干爹。

社会并不完美，有好爹，认了干爹，的确会在财富上胜人一筹，但也绝不是你们想象的那么残酷。你没尝到甜头，是因为——你不配。

《肖申克的救赎》就算看一百遍也不为过，“Remember, Red, hope is good thing, maybe the best of things. And no good thing ever dies.”说来鸡汤，但是希望和梦想真的是变化前进的根本动力。如果失去了它们，只能绝望地厌世，厌弃一切美好，怀疑一切可能，放弃一切努力，等待一个目标——死亡。

事情永远都会在变，变得更好，或者变得更糟，人在命运面前有力又无力。有力在这么几十年的生命里你的主观能动，真的有可能画出一道曲折向上的畸形彩虹（原谅我这个形容）；无力在也许最终我们都要死，但好在还是有些区别的：可以心满意足地去死，可以意犹未尽地去死，但最好不要——满腹牢骚地去死。

在拼命证明自己的时候，就输了一半了

我一直在想新年的第一天要跟自己说点什么特别打气的话，好让2014年的第一天来一盆小公鸡血，满血上阵，最好效用一整年。我一般都这么干的，但结果是效用从来没有超过一礼拜。所以今年换个角度，鸡血打多了是会腥臭，会恶心，甚至会致命的。是时候扔掉鸡血，把自己关在冰箱里冷静一下了。

微信后台有妹子跟我说，她在跨年的时候被男朋友踹了，原因大概就是因为不好看、胖，男朋友被别人勾引走了。她要报复、要逆袭，满腔热血无处挥洒，时刻准备慷慨就义。她有一个计划，先每天跑五千米，再去垫鼻子、开眼角……证明自己是个好女人，那男人瞎了眼。

我觉得吧，这都是韩剧看多了，《妻子的诱惑》什么的，光听名字就是那么狗血加幼稚。

但是，也许每个人在变成熟的道路上，都免不了要急匆匆地去证明自己。有的时候，是被领导骂了，要赶紧证明领导骂错了，自己其实是牛×的。有时候是被爱情伤了，急于证明自己是女神，你们这群男屌丝不懂得

欣赏——你看，你不愿意跟我在一起，我去豆瓣一约，一大群回应的，瞧，我多有魅力。再有，哪怕是被别人一个眼神看不起了，就试图去证明：你敢不拿正眼瞧我，我要用生命让你付出代价！

年轻的时候，但凡不差劲，或没有早熟地活出境界，都难逃这样神经质的“证明病”。

我默默地观察过豆瓣上的几场骂战，不管是黑红人，还是黑名人，还是仅仅是黑一篇文章、一个观点，都有可能引发两拨互不认识的人隔着空气吵得满屏幕口水，甚至变身侦探到处搜集证据，到最后，都忘记了自己的观点和立场，为了吵而吵，由就事论事变成了人身攻击，由攻击当事人延伸到了攻击别人祖宗十八代。

在我看来，骂战之初不过是每个人都有表达自己观点的权利，但是到了后期发展到失控无外乎想证明：我是对的，或者，我们是对的；你是错的，你们是错的；我是脱俗的，你是俗气的；我是高贵的，你是下三烂的……和微信后台提问的妹子有异曲同工之妙。为了证明而去证明，证明到了最后，忘记了自己到底要证明什么。

我自己当然也有这个毛病，不说别的，有时候看到文章下面莫名其妙质疑我的留言，就想卷袖子去“证明你是错的，我是对的”。有几次也气得很，但转念一想，就算证明成功，我也不会少一两脂肪，算了，算了。

Y姐姐是我很佩服的一个人，虽然作为宅女我无法理解她世界各地到处飞，作为懒女我无法理解她在工作中跟事儿死磕，作为已婚妇女我不能理解她大龄单身还不亦乐乎，作为一个傻气的女人我更加无法理解她不用任何社交工具分享生活，比如朋友圈、微博……

她有句话很经典，“活给别人看，活得很累，还很难活得好。我活着就一个目的：取悦自己。你不理解关我屁事。”我深以为然。正好拿她和饿肚子买包来证明自己是白富美的那些人对比一下，那些人的快感只停留在秀朋友圈的范畴，境界高下，不言自明。

为了证明而去做事，有时候是傻的。就像我天天嚷嚷着减肥，如果是为了博取ex的眼球，那么当我减成了窈窕女郎，美到可以把他眼珠子抠下来挂裤腰带上之后，又能如何？目标没有了，下一步就是反弹成一胖子。

如果我努力工作，是为了证明某个曾经看不上我的人对我的判断是错误的，那么，某天一个不小心，那人挂了，我从此失去了目标，失败成了一头猪，一头不特立、不独行，毫无亮点等着被宰的猪。

如果我一下午不好好工作，写了一篇文，是为了证明A是错的，我是对的，那么我无疑在证明，A是错的，我也是个傻子。

反过来，作为一个性别为女的人，减肥、变美，提升不管是cup还是知识水平，本来就是生而为人，只要不是精神病人就应该做的事儿。而且这些事，虽然有时候耗费精力、体力，细细品味，是相当有意思、有趣味的。就好像书中自有颜如玉、黄金屋一样，在努力做自己的过程中，发现与弥补、反思、前进交替进行，是多么充实有爱的事情。

何苦画蛇添足地在前面生生地套个圈：我所做的这一切，都是为了证明我牛你傻。最后，很多人得出的结论是，大家原来都是亲戚，都姓傻，谁也不比谁高明。

微信里的妹子，变好本身就是你的职责。如果仅仅是为了证明他是错的，那么反过来，你又能对到哪里去？即使你从猪八戒瘦成蛇精，也依旧一脸的凉薄与狭隘，美不出什么境界的。

你看，急于证明自己不是神经病的，一般都有神经病。

也许每个人在变成熟的道路上，都免不了要急匆匆地去证明自己。

谁跟你说长得漂亮就过得好的

老实说，我老家那疙瘩挺出美女的。有同学去上海上大学，带着上海人回家游山玩水，上海哥们儿就惊叹："不错啊，路上小姑娘都挺水灵啊！"

的确，按照北京的平均标准来说，我儿时伙伴那一批人中真的不少大、中、小型美女，再看我妈她们那一辈，天然去雕饰的也实在不算少，据说那时候部队可爱去我老家那儿招文艺兵了。但从幸福指数上来看，"好皮相"集中营里的成员们，未必真的比普通人高出许多来。

肯定有人要朝我扔西瓜皮：你就吃不着葡萄说葡萄酸吧——其实我从来不干这种事儿，吃不着的时候我会想方设法去吃，真的。

现在有一种莫名的观点：长得好，不用给自己多大压力，会变丑的。美女军团中过得不如意者，大抵是年轻貌美到极致的时候，遇上什么事儿，都把自己的美貌往桌面上一砸：我长这么漂亮，你们爱咋咋地吧！

于是，有了M小姐这样神奇的存在：我不想读书，我长这么漂亮读书干吗？我不需要工作，随便找个男人都可以让我衣食无忧。买房还要我出钱？我长这么漂亮，凭什么我掏钱！什么，那个贱人对我男朋友有意思？等着，我长这么漂亮，让我用脸去把她吓走。什么，这么累的工作让我去做，我长这么漂亮，可不是随便做这做那。

每次M姐在我周遭嗡嗡嗡乱飞的时候，我脑子里就有一个声音在尖叫："别光说不练，您去做个大哥的女人给我看看！"

X是我的前同事，美貌程度还算不错，加上会打扮自己，在一堆路人中第一个发现的永远是长发飘飘、香气四溢的她，而且她很会玩暧昧，有时候那个小眼神勾得，连我都动心了。

但是，前阵子X约我出来诉了苦，我才知道X过得真是曲折——先是被屌丝男友踹了，因为她一直嫌弃人家没钱配不上自己，后来人家一个男子气概上来，"配不上您去找更好的吧！男子汉大丈夫不为一个女人折腰。陪你瞎胡闹、逛街的时间省出来，我应该没现在这么穷。"据说吃散伙饭的时候，此男钱都没有付。"既然你鄙视我穷，那我就穷到底好了！拜拜了您！"此男我是认识的，当年对X是真爱，后来是真的不爱。说穷吧，也还好，工作也努力上进，只是说被X折磨得受不了，死都不会回头。

此男把X伤得不轻，后来X又约了无数外在条件、经济条件很不错的男子，最后的结果是，不是提出来大家还是做朋友吧，就是男方干脆消失。X诉苦的同时还给我看了一个号称"多金"男的照片，唇红齿白的，我一看，不错呀！X面带得意之色。"都挺好的，有车有房，就是……"

"就是啥？"

"就是对我不主动，我不约他，他就不约我。还说不敢保证以后感情会发展成什么样，也没提出来让我做他女朋友。”

我可以负责任地告诉X，一个男人，面对她这样的一个美女如果是这个态度，那必定是只想“玩玩”，还是早撤早超生吧。

X其实就是非典型的“美女综合征”：我是美女，因为我美，所以我有公主病，你得说我可爱。所以我去逛个街，你必须帮我付钱，所以你必须宠着我、爱着我、让着我，因为我是美女。我们的世界是不平等的，我是女王，你是女王的驴，驴有什么议价权啊！

美女们，世界上哪有那么多傻驴？而且还想找高富帅的傻驴，你不想想，傻驴凭什么能成为高富帅啊！

越是这样的女人，越是把“廉价”写在脸上。越写着廉价，就越卖不上价。那副“给我1后面N个0的钱，我就是你的人”的面孔，男人心里都是十分有数的。

值钱的女人是无价之宝，明码标价的大多免不了等着打折的命运。

其实，当下只要忍得了痛、受得了苦，芙蓉姐姐都变得堪称“美女”了，凤姐只要花个大价钱，整成蔡依林不是世纪难题，您怎么就不明白，您的美貌没有那么值钱呢？

不管今天林徽匡被多少人诟病成“绿茶始祖”，她都是个挺牛的女人。光她那副皮相，她还不至于让那么多人又爱又恨，皮相只是才情的附加值而已。一个才女远比一个美女要稀少，如果一个才女又凑巧长得不错，全世界都会为之沸腾的。她是一个必然中的偶然，偶然中的必然。

如果没有了才情，把她扔到青楼，估计也做不成头牌。反之，却不晓得为什么今天诸多女子仗着自己年轻貌美，就有了那样飞扬跋扈的自信与霸气呢？

追求美是每个女人无法摆脱的“恶习”，能美成一万分，绝对不会在九千九百九十九分上驻足。在这一点上，“美女无敌”和“丑女无敌”都是一样的追求。然而美女们是有一个高起点的，在其他方面稍加修养、稍微努力，会更容易被看见、被发掘，更能获得好的机会。如沐春风般的微微一笑再配上雷厉风行、严谨认真的工作态度和随和幽默的生活作风，有几个人会不喜欢？

然而可惜的是，某些好皮相的小伙伴们常常把注意力只放在了自己那张脸上，最后那张脸都“好看”到让人讨厌了。

男人如果只是为了一张漂亮的脸和一个好的身材，看看女明星就能满足了。别看一些男人说“假如我能娶××女神，阉掉我也愿意”，就和某些女人说去坐台了就可以成压寨夫人一样，光说不练的。

工作场合除非特种行业，更不会在皮相和能力之间取前舍后。

众多好皮相的妹子，在打鸡血一般洋溢青春之后，变得只能跟自己的儿女说：“你妈我年轻时候那么漂亮，就毁在嫁给你爸这件事儿上了。”小朋友们千万别信你妈，你妈也只能嫁给你爸，隔壁张阿姨嫁得好，是因为有皮有脑，你妈缺得不多，就缺点脑。

反倒是长相平平、气质淡然的一些小伙伴，二十多岁的时候可以踏踏实实地干工作，不那么眼高手低地过生活，渐渐地，品位也有了，审美也有了，自然坚挺地赢了其他人。就算底子实在太差，也就是去韩国动几刀子的事儿，又怕什么？

从前有个女人，她的胸很美很坚挺，她每天细心呵护，最后，她撞死在了一棵树上——因为走路总看着胸。

和已经很美和正在变美的妹子们共勉吧。

学会接受所有的不公平

我谈过的对象虽然止步于个位数但是也大于三了，任何事情发生的次数大于等于三次，都值得总结沉思，取其精华去其糟粕。

比如我抽出“大姨妈”这个特殊时期总结了一下规律，我发现每个和我谈过的哥们儿对我“大姨妈”的关切程度都是随着时间轴递减的。

就拿我家狗娃爹来说，刚恋爱的时候，各种百度、谷歌“大姨妈”来的时候要吃什么、补什么啊！我从小就痛经，疼的时候满头大汗，狗娃爹就把脸皱得跟烧卖一样，搓着手一脸忧伤，搞得跟他前列腺出了毛病一样忧愁。

后来，狗娃爹顶多熬个鸡汤什么的给我喝一口，他还把自己最爱的鸡胗捞起来吃掉，但是再也不欢乐我的欢乐、疼痛我的疼痛了。

再后来，狗娃爹说，“大姨妈”期间让他照顾我可以，但是我必须在“大姨妈”结束后给他捶背弥补回来。

再后来，某个深秋的早上，“大姨妈”突然降临，我冷得难受，试图让狗娃爹下床帮我充个热水袋，狗娃爹说他用肚子温暖我。我说：“不行，你肚子有八十度吗？”狗娃爹就装死睡过去，我顿时就火冒三丈，对狗娃爹一顿死捶，把他踢到床下。狗娃爹极不情愿地充了热水袋，但是脸色极度阴霾，夫妻战争一触即发。我说我来“大姨妈”你必须伺候我，狗娃爹说：“我也来大姨妈！”我说：“那你出血吗？”狗娃爹挠破了自己的一颗青春痘，说：“你看，血！”

我试图让狗娃爹对痛经感同身受，从而服服帖帖地在“大姨妈”驾到的时候做我的太监，我提议让他在内裤里贴倒上稀饭的卫生巾行走，又提议每个月有三天，不时地用电蚊拍电击他，让他记住我的姨妈之痛。狗娃爹说：“你要敢用电蚊拍电我，我就出去泡妞。”

后来我想了想，这两种方法于我于他而言，都过分残忍，于是只好就此作罢。

狗娃爹跟我说：“不要羡慕哥没有子宫，不要羡慕哥不用每个月内膜脱落一次，更不用羡慕哥无法生出baby，哪里有什么公平可言！”

这一次，我承认，我输了……对于来“大姨妈”这件事，男女绝对是不公平的。不公平的两端，也是无法发自内心去体谅感受的。

当然，在我和狗娃爹之间，也不完全是天平往一边倾斜。曾经有一次，我在公交车上被猥琐男搭讪，狗娃爹非常不忿：“为什么没有人搭讪我？”于是他去烫了个头，上班不开车改乘地铁，然后挤地铁的时候被人踩坏了一只鞋。

他气急败坏地跟我说："不公平！"

我说："这世界从来就没有公平可言。"

这一次，我嘚瑟，我赢了！

《生活大爆炸》里，Amy羡慕男生可以站着尿尿的时候，我拍着沙发扶手仰天长啸："我也有过！"特别是憋不住的时候，特别是女厕所人满为患而男厕所坑位充裕的时候。那又能怎么着？科技还是如此落伍，变性依旧如此痛苦。不能变，就只能在自己的性别里活得性感啊，亲爱的。

不公平是处处存在的。抱怨不公平除了自己爽一爽之外，其实无法解决任何问题。就像我无法不来"大姨妈"，男人无法拥有D罩杯一样。可是抱怨太多了，其中不公平更是多得让人烦躁。

如今，何止是社交网络，就连三五好友坐下来喝个茶、叙个旧，也逃不开：那谁谁，富二代，不然怎能开911？那谁谁，官二代，不然凭什么能娶到校花？那谁谁，他爸黑社会的，不然你以为他怎么买的五套房子？那谁谁，不就是盘靓条顺又会来事儿，不然怎么钓的金龟婿？

最后哀叹一句：不公平，我祖上怎么就没去两万五千里长征，再抗日，再内战，最后得以幸存成了开国功臣？我爹妈怎么就没给我人类的优良基因让我凭长相成功？我家里人怎么就没送我去国外直接读个常青藤，让我在常青藤里认识奥巴马闺女，从此迎娶黑富美走向人生巅峰？

不公平啊不公平！土豪一夜之间破产多好，美女都肥成猪多好，常青藤毕业的都被脑残片呛死行不行？

可怜的是，土豪挂了也轮不上你做土豪，美女肥了你还是个丑八怪，常青藤的就算脑残了，蓝翔技校的也好不到哪里去。

你不患寡而患不均，你希望全世界都和你一样low。但你错了，还是那句话，这世界根本就没有公平可言。本来就没有的东西，你如何去求？

有时候我挺悲观地相信，上帝给每一个人的起点肯定是不同的，说什么一条起跑线就是瞎扯淡。我想和狗娃爹掰手腕，我就是先天不足后天畸形，没有他的雄性荷尔蒙，我哪来那么大的力气呢？

但有时候我又挺乐观，虽然有高有低，有人生来白富美，有人第一声啼哭就带着深深的矮矬穷的气味，但上帝都给了每个人相当大的空间，矮矬穷也许终究变不成白富美，然而他是有上升空间的，起码那三个贬义词能给他去掉，至少有33.33333%的机会吧，在这个空间里，你可以不必和任何人比较，安然自得地活。

而太多的矮矬穷却把获取这33.33333%上升空间的机会和时间全部用来仰天长啸：不公平！那么，就让不公平来得更猛烈一点吧——撒旦笑着说。

白富美是可以有完美主义的，矮矬穷不可以。因为后者太不完美了，追求完美等同于做梦。你就每天稍微好那么一点点，每天少哼哼唧唧不公平那么一点点，公平自然来，笑口自然开。

有的人，可以从天平的这一端爬到那一端，彻底改写人生；有的人，改写得不彻底，也不至于那么失衡；可惜有的人，永远躺在不公平天平的低端，还在自己肚子上顶了个铅球，铅球上刻了三个字：不公平。

没有什么 '...

比爱自己更重要

PART FOUR

走自己的路，臭自己的美

美丽的规则

那天看到一句话觉得特别戳心，这句话竟然是马克思他老人家说的：“一个人只有具备审美能力，才能在艺术中获得享受。”请理解我这种悟性甚高的人一下子就开了脑洞，明白了一些问题。比如说——美丽的壁垒。

自从做工作室以来，我养成了出门到处看妹子的坏习惯，地铁上，商场里，饭桌上……几乎走哪儿看哪儿，看到好看的还想偷拍，看到难看的想上去揍她，几乎已经病入膏肓。让我百思不得其解的问题是：大家都爱美这一点应该没错，大家也都要多多少少为了美丽花点钱这也没有错，可为什么有的人花了钱，却把自己打扮成了那副样子？

请你们自己开脑洞：比如中年阿姨的菊花头，地铁太妹的熊猫装，三里屯附近经常出没的蛇精脸，校园里不和谐的面粉糊墙厚粉底、劣质假睫毛、泪眼装、夜店风……

我想菊花头就算不要钱，也得在理发店造型总监那里摆弄好几个小时吧，这是有时间成本的。蛇精脸更不用说，不削骨绝对成不了那个弧度，那是要全麻的大手术啊！削骨我不反对，削成了那个弧度，我实在无法理解。那个面粉妆，我就更不能理解了，大学妹子，素面朝天如果觉得不够，淡淡的底妆配上一点腮红唇彩，多青春多干净，为啥非要打扮成不良职业者？

这想不通的种种问题，马克思爷爷回答了：“一个人只有具备审美能力，才能在艺术中获得享受。”我们活学活用，用到我上述的不理解里：每个人都力图把自己打扮成自己心目中的公主or女王，菊花头就觉得菊花头美，蛇精脸就爱用下巴当锥子，厚粉底就喜欢艺伎即视感……换句话说，一个人的审美能力，决定了她如何为美进行消费，并从中获得享受。

我们所能接受的美，在某种程度上一定是片面的，大千世界无奇不有。你有密集恐惧症，别人却一定要把钻石密密麻麻镶在皮肤上。你看他觉得丑死，他看你觉得平庸死。你的三观在什么位置，你内心装着的是诗书还是狗屎，从终极意义上决定了你的审美走向。

所以，不要试图去改变一个“洗剪吹”，除非你有本事把他从里到外洗剪吹一遍，也不要试图让一个非主流理解你，除非非主流用他们匪夷所思的价值观成功改造了你。

于是，对于美丽这件事，你欣赏不来别人的美就不要欣赏了，而别人如果欣赏不来你的美，你也无须介意。走自己的路，臭自己的美，让别人说去吧。

很多妹子喜欢跟我和工作室的伙伴说：“丑宝宝，室友说我穿这件衣服不好看怎么办？”“毒舌奶奶，我腿有点粗，腰也不太细，穿什么衣服都显得臃肿怎么办？”“哎呀，好羡慕隔壁×××，好会搭配，腿好长啊！”

如果时尚就是这些，那么时尚大概就只存在于蘑菇街、美丽说还有各类网红晒照的集中营了。Icon们教你穿搭，照片修过，脸用黑超遮住，腿使劲拉长，摆出酷炫的姿势，你觉得超美，美到你自己捂不住荷包，终于下手了，回家一穿——唉！不好看，不是那个样子。

那么请问，你本来想要什么样子？是icon的样子，还是你自己的样子？是日本杂志里的样子，还是欧美杂志里的样子？你就算copy程度满血，也永远不会超越杂志照片。因为，你只是在模仿。

美丽是没有规则的，有时候在一些场合下，你必须尊重一下大众审美，于是需要一些攻略、一些方法论，然而大多数时候，时尚是你心境的反映，你的心境，请问如何用规则来约束？

本来我也只是个臭美门外汉，现在依然是。但是这方面的东西看多了，反倒认为：时尚有时候空无一物，有时候却是你的整个生活方式。空无一物怎么说？商业化包装后的时尚，洗脑太严重了。这个流行色那个新布料，这种style那种流行风，没用的。你丑，知道得再多还是丑，你美，穿上你妈的衣服还是美。而整个生活方式又怎么说？那便是你随便的一双鞋、一套扇，在明眼人眼里，能看出你是个怎样的人。你是个保守的人，穿着若是开放，必定会显得诡异；你是个辣妹，穿了一身小清新，信不信一秒钟变“绿茶”？

攻略永远只是美丽的入门，普通美女和气质美女差了一个档次，气质美女又离女神差了很远。差距不在皮，而在骨，骨子里的劲儿。

昨晚刷微博，看见一个微博“大V”评汤唯，说喜欢汤唯的男粉一定是锤子手机的忠实用户。然后我手贱翻了一下评论，底下一堆人说：唉，汤唯那么丑，真不知道怎么当的女神，汤唯的五官没法儿看啊，就是路人好吗！然后我还手贱去看了看说汤唯丑的人在微博相册里的尊容，于是立刻释然了。女神永远不会是所有人的女神，就算是奥黛丽·赫本，人们如今众口一致地膜拜敬仰——真美啊！也不过是因为她已经活在了历史里，引发了集体怀旧情绪。若是今天，天涯论坛里也一定会出现这样的标题：只有我一个人觉得赫本丑吗？然后会有一堆留言表示赞同。

也许只有女神经病才有可能是全人类的女神经病。而女神，不会是所有人的女神。所以，有女神被骂丑在前引路，室友说你穿这件衣服不好看，男朋友说你皮肤怎么这么黑，腰围怎么没下一尺九，这还当真是件值得说的事儿吗？

建立起自己的审美和爱美之道，从模仿开始，从攻略起步，并没问题。但接下来，你是谁，你如何用外在去阐述内在表达自我，才是应该考虑的核心问题。

接着拿汤唯说事儿吧，我蛮喜欢汤唯的，虽然不至于到死忠的程度，但是我喜欢她眼睛里的劲儿，很倔强也很简单，她的角色也选得很好，符合这种劲儿。我管她是演出来的还是本来就如此呢？反正就是喜欢。在她之前，亚洲面孔里我还喜欢林青霞，特别是三十五岁以后——淡然风韵，尤其是徐克时代的英姿飒爽，阴阳合一，那是她刚出道时期单纯稚嫩的美貌无法比拟的。

这个世界是看脸的？不，这个世界是看你的气质的。看你的脸、身材是不是和你的生活、性格、内涵甚至说话的语气、处事的态度，和谐地融合在一起，让别人舒服，让自己愉快。

穿衣打扮只是为了阐述自我。有朝一日我们都会找到自己的美丽之道，但前提是：我们终于明白了自己是个什么样的人了。

一起且行且摸索吧，妹子们。放一句香奈儿的话结束：“Fashion is not something that exists in dresses only. Fashion is in the sky, in the street, fashion has to do with ideas, the way we live, what is happening.”

一个人只有具备审美能力，才能在艺术中获得享受。

那些看起来很狠，过得却很开心的人

前两天无意间翻到一篇文章——《美女都是狠角色》。挺心灵鸡汤的一篇文章，举了很多例子，美容院的顾客因为对自己特狠，所以保持美貌和身材啦；自己的同学因为对自己狠，所以成了十大网商啊；冰心对自己狠；据说宋美龄对自己也很狠……所以美女都是狠角色。女人，就要对自己狠一点。

其实这个观点没有任何错，只是有些人的理解有问题：他们觉得狠，随之而来的是痛苦。

所以现实中有些人觉得：一个女孩子自己买房还贷款不是有病吗，对自己这么狠干什么？一个女孩子那么拼命节食健身不是有病吗，反正过两年要生孩子，生了孩子身材一定变形走样，就不要做无用功了。一个女孩子拼命工作不是有病吗，就算再拼命也成不了富婆，再说，最后还不是嫁人生孩子，围着孩子和灶台转？女人，就要对自己好一点，你熬夜搞出黑眼圈以后看谁还要你。

现在说女子无才便是德的人估摸着是比旧社会少了些，但是用以上论调替换“女子无才便是德”的人简直比跳蚤还多。

这让我想起了一只待在井底仰望一方残缺蓝天的癞蛤蟆，对着天上飞的大雁or天鹅说：“你们飞得累不累啊！反正最后老了就飞不动了，掉下来尸体腐烂被其他动物吃了再化成泥土。大家的归宿都一样，但我很闲很happy，你们却累得像狗，真是蠢呆了。”

有天和群里的妹子聊天，就说到做全职主妇这件事情。我从不否认全职主妇对家庭的贡献非常大，其实欧美不仅有全职主妇，还有全职主夫，家庭分工不同，一个工作，一个持家，确实有比较平等的情况出现。然而在我们自己身边，却真的很少看到这么和谐的例子。放眼望去都是在怨妇、神经病和炫富狂中来回切换的精神分裂体。

究其原因，一来，大概做了全职主妇的女性，很难保证自己不与社会脱节。人总是越来越懒的，喂奶、带孩子、做饭真的门槛比较低，只需用力不需用脑。二来，做了全职主妇的女性，很难不在自high与怀疑中忐忐忑忑。为什么自high？因为不出门了，生活圈子小，没有对比就没有进步，在她的世界里她就是No.1，当然要自high，淘宝买两个物美价廉的吸尘器可能都能让她自high长达一周。至于忐忑，我实在是没有见过几个“家里蹲”对老公放心的，因为经济来源全是对方，失去的代价太大，加上外面的世界很精彩，她却再也不是其中的一分子了，所以忐忑——这是人之常情吧。

但正是这些主妇，一边往脸上糊着来历不明的面膜，刷着各种代购的淘宝店铺，一边对吸着雾霾奔波在家和办公室之间的昔日好友说：“女人啊，要对自己好一点。你们还是早点嫁出去生个娃，然后“家里蹲”比较靠谱。看看我现在，好幸福！”

那些主妇幸福的真实性暂且不论，我只想说说，那些看起来对自己很狠的人，其实过得很high好不好。

别的不说，我身边的例子，本工作室的毒牙就是一个对自己超级狠的人。我和她以前是同事，那会儿我是她领导，还看不出来她那么“变态”，可能都觉得那份工作没什么前途，我俩也还算优哉游哉。后来被我拖出来一起做事儿，我才发现她是个“变态”。比如几个月前我们要找饰品加工厂合作，结果找了一家做的东西很烂，我就疯了。但是，我疯了之后选择出去透透气，可毒牙同学就坐在电脑前，把所有的饰品加工厂、饰品加工的朋友、朋友的朋友的电话打了个遍，一直到夜里四点，还在精神抖擞地给新的合作厂写产品需求。

以我对她的了解，我们合作以来，是她最开心的一段时光了。每天都在打怪升级，从一个职场菜鸟变成了一个淡定的、出现什么问题都冷静地说“有问题解决问题呗，着急什么”的冷酷妹子。

据说她前段时间谈了个男友，但瞬间就over了，我问她要不要休息几天调整一下情绪，人家很high地告诉我：“现在over是好事啊，反正还没上心，终于又可以全神贯注地打怪升级了……”

毒牙妈妈说：“女儿，你这是何苦啊，妈妈我缺你钞票花吗……”

毒牙的妈妈其实不懂，精神世界里的打怪升级带来的满足感，比钞票换来的包包、化妆品、房子、车子带来的满足感多了去了，而且持久留香哦！

毒牙很开心，至少比我们一起在前boss那儿混日子开心多了。

再说一个对自己超级狠的例子吧，我认识一个小护士，挺好看的，就是脸型不好，是个方脸。结果人家一跺脚，削了骨。听她说手术过程我就要晕过去了，真是太狠了。

但是，自从削骨之后，小护士每天都很开心。她的例子比较“变态”啊，其实我个人不提倡往还凑合的脸上动刀子，毕竟不是靠脸吃饭的，我只是说，那些对自己超狠的举动，换来的往往是巨大而持久的快乐，而不是在温水里被煮的青蛙们认为的痛苦。

人的开心是很难用实物和金钱量化的。比如我今天给你买了一只香奈儿的leboy，明天给你包了十万块，我就可以命令你开心，不是这样的，开心是需要动力源的。我所认为的开心永动机，真的和毒牙一样，是不停解决问题、打怪升级带来的成就感。有时候，打怪打得自己快没血了，有时候，捡了个火力十足的道具。在别人看来这真是太痛苦了，太不值得了，对自己太狠了，但你们能理解屌丝沉溺于游戏，为什么不能理解有些人沉浸于在现实生活里玩游戏呢？有刺激才有动力，有动力才有成败，有成败才有随之而来成就感。而成就感才是快乐的源泉。

所以回到标题，那些风里来雨里去，被人说“女人不该对自己那么狠”的群体，其实大多数都比散布唾沫星子的那些人过得快乐多了。

不为你改变，是我的态度

自我的女人，我认为有两种：女神和女神经病。当年的芙蓉姐姐和凤姐都足够自我，成就了一段“精神病”佳话。而王菲也足够自我，年轻的时候就喜欢说“爱谁谁”，歌里这么唱，现实中也这么过。到了现在，爱谁谁都不用说了，直接甩出“我想怎么爱，我想怎么唱，关你什么事”的态度，观众大呼：“女神，我崇拜你。”我也崇拜她。

所以说，女神和女神经病之间也许只有一步之遥，这倒是契合了我前两天批判的观点：这个世界还是得看脸啊，当然，还得看作品。

前几天，微博上有姑娘私信我，说喜欢一个师兄，但是自己是个胖子，所以师兄跟她是没有可能的。她减不下来肥，好痛苦。抛开减不下来肥这件事不说（世界上只有增不上去的肥，真的没有减不下来的肥，虽然这么多年来，我其实也没怎么减下来），我认为这个姑娘搞错了一个概念：师兄如果喜欢你，你胖点他是能接受的；师兄如果不喜欢你，你瘦了他依然不喜欢你。

为这个问题而苦恼本身就是多此一举。爱情要两情相悦，真的相悦了，脂肪哪里会是问题。你对自己不自信，而这种不自信全部集中在了脂肪上而已。肥是要减的，不是为师兄，而是为自己。而更重要的是，你得相信自己，值得被人爱。

我看过很多小伙伴因为爱情改变了很多。比如，本来是个女汉子，一旦陷入爱情立刻变身贤妻良母；本来开朗活泼，被爱情伤害过一次立刻变得冷艳又不高贵，一副伤痕累累、我不是怨妇谁是怨妇的样子；还有一个“三俗”妹，谈了一个文艺男青年，突然间非话剧不看，非歌剧不欣赏，非听不懂的歌不听……仿佛不这样做，就对不起她男人。也搞不清楚她是进化了自己的文艺素养 还是装×装得连自己妈都不认识了。

人永远是要改变的。但我依旧以为，只有自己定了主心骨，决定自己要成为什么样的人，过怎么样的人生，再为这样的目标和主心骨改变，而不是为别人。而故事里写的，因为别人的一句批评就改变了，因为爱人的一个讽刺就脱胎换骨了，这种改变也是一时而非一世，更何况带着这种深深的恨意和自卑去改变，正常人会觉得痛苦吧。我们是在生活，又不是在拍现实版武侠小说或者豪门复仇记。

人的价值取向是多元的。但一旦确定了一种价值取向，就不该有风吹草动就去质疑它。

早年的王菲酷爱唱歌，只是想唱好听的歌，她努力，她钻研，她的天资和唱功无人能敌，再加上运气和好的团队，她成了天后，她可以爱谁谁。这几天我在车里放的都是王菲的歌，从早期翻唱邓丽君到90年代的经典专辑《王菲》，再到现在偶尔玩票性质的单曲，虽然风格不尽相同，但你可以听到王菲对音乐相对纯粹的追求，从不完美追求到相对完美，再从一座高峰，追求变化到另一座高峰。而沉淀在她脸上的气质，令她从闯荡香港的大陆妹变成了高贵冷艳、独一无二的王菲。她对爱情也是，合则来，不合则散，永远是个传奇。

昨天重新看了《九月刊》，和《穿Prada的恶魔》里的梅姑并不相同，Anna Wintour瘦小，眼神也没有那么犀利。在办公室里经常双手抱胸且弓着背，这是她工作的姿态，永远的齐刘海童花头，并没有那么张扬显眼。她说："我父亲退休的时候，我问他为什么放弃自己热爱的职业，父亲说，我不再适合了，因为我变得易怒。我偶尔也易怒，但是我已经学会了克制自己，如果哪天我和父亲一样，那么也许就是时候退出了。"

《九月刊》里的Anna，令所有合作的摄影师和Vogue的编辑敬畏，然而她本身的笑容和姿态并没有任何魔头的架势。她之所以能服众，不是靠吼，而是靠实力、靠对时尚精准的判断和对细节顽固的追求。她没有受过高等教育，她热爱时尚并且不懈追求，她说，她的兄弟姐妹认为她做的事情相当可笑，对，相当可笑。她的女儿觉得时尚圈很疯狂，不想步她后尘，然后她对镜头淡然一笑："你还有什么要问的？"

这就是自我。我要追求我追求的，我只自我进化，我不为你所动，更不为你所变。

也许这样的女人，因为太过强势不会收获爱情，因为很多男人很贱又很low，能与之匹敌的男人实在少之又少。然而，就算她们没有爱情，还有依然精彩的人生。而那些因为一点风吹草动就战战兢兢地怀疑自己的女性，也许会收获一个男人，但总是操心双腿长在人家身上会跑掉，于是要把身、心、胃，最好再加上银行存款全部绑在自己身上，觉得这样就可以安枕无忧了。但依然会忐忑，烦恼会一个接着一个：我胖了，老公会不会不爱我？我失业了，老公会不会嫌弃我？你能大胆地说一句"爱爱不爱，爱过不过”吗？

坚持，永远是一种美德。我崇拜的女性里，王菲和香奈儿是狮子座，Anna是天蝎座。（这又让我相信星座了吗？）抛开星座不论，也许每个人，都该有狮子和天蝎的那一面，王者之气，霸道而又坚韧，独立而又有强烈的个人色彩。像一直留着齐刘海其貌不扬的安娜·苏，也只是有赖于坚持和自信，才创造了一个公主梦般的时尚产业。

所以你们懂嘛，不为你改变，是我的态度，也应该是我们的态度。

美不过加一分，丑不过减一分

美与丑的界限，在我现在看来已经相当模糊。而这种模糊，是与阅历和年纪呈正相关的。

我在初一的暑假吃多了外婆牌红烧肉，加上酷爱奶油，我妈还非常配合地无限制地专门去蛋糕房给我定打发好的奶油，于是一个月之后，一个长腿柴火妞变成了一个妖娆的胖子！从此，漫长的岁月里，我就再没有瘦下来过。再加上我懒嘛，也不知道臭美，脸上长了几颗青春痘，发型非常桀骜，所以十二岁到十八岁这几年，美可能是与我没有丝毫关系的。

那时候讨论的大部分话题就是谁比谁更漂亮些，谁是班花、谁是年级之花。被三个人追，被三十个人追，这才是莫大的荣耀，比考试得一百分重要多了。像我这种比较惨烈的，顶多默默地咬牙切齿，在心里发誓：好好学习，好好考大学，好好赚钱，然后我就可以去整容、抽脂了。

你瞧，好好学习，好好赚钱，干吗？去整容，去抽脂，然后绕一大圈，变得跟身边的姑娘一样美。然后被三个人追，十三个人追，三十个人追，变身白富美，登上人生高峰。

时间不过过去了十多年，回头来我却发现，一切和想象的不一样。

看过一篇文章，说欧美女人在少女时代是最美的，一则，人家发育得比较快，少女时代就长开了；还没有我们这种上学必须穿校服，甚至不能留指甲、留长发的规定；加上文化比较开放，尽情打扮，那当然是绽放了。反观国内，少女时代长得不丑就算不错了，你妈你爸会逼着你学习，甚至跟你说头发太长了，消耗蛋白质，影响智商。那些在少女时代就美丽的女孩，是稀有中的稀有，一群丑鸭子里骄傲的白天鹅。

我承认，这些白天鹅里的大多数可以一直骄傲下去。可是也有那么一两只，被雷劈死了。为什么被雷劈死了？因为她们太把美貌当回事儿。

人生是有那么一个年龄段的，只要你美，性格、学识、内在、涵养，一切都不是问题，你周遭会有一大堆雄鹰or苍蝇，嗡嗡嗡地绕着你飞，原因只有一个——你美。于是有些人被胜利冲昏了头脑，试图把美貌当成一辈子的武器，还是唯一的武器——结果就不用多说了。

现在的小伙伴喜欢说：“这是一个看脸的世界。”不错，这个世界从来都是看脸的。单从繁殖的角度来讲，面部黄金比例，身材错落有致，身高优于常人，这都是会使人类进步的基因，所以在择偶上，异性当然会优先选择“美”的。就算是找工作也是一样：你俩都是牛×大毕业，英文过硬，专业牛，我要是boss，我绝对选美的那一个——多提升公司形象，多赏心悦目，没准儿还能发生一段办公室恋情呢。

But，这是在其他条件均等或者差不离的情况下发生的。如果一个优质男，面对一个美若天仙的酒囊饭袋和一个长相平平的智慧女性，我想人品好的会选择后者，人品差的也会选择后者。如果此男足够理性，最优的配偶选择一定是在精神和肉体上合拍程度最高的，而精神的权重一定大于肉体。当然，不排除某些男人被美貌冲昏了头脑，此种婚姻乃是离婚律师最喜欢的类型了。

工作就更不用说了。一个美貌的白痴和一个丑陋的精英，老板只要和钱没仇恨，就一定会选择后者。

貌美者如果有智慧，那是老天爷赏她好日子过，然而貌美者若放弃智慧，那是她自己和天作对——然而这种人真的挺多的，原因还都差不离——我是美女我怕谁。

我认为，气质绝对会改变一个人的长相。这不是安慰人的话，俗气的姑娘再掩饰，眉宇之间还是市侩，然而大气淡然、宽容从容的女孩儿，看上去会非常和谐舒服，而这种舒服会写在脸上，让人喜欢。

有的人五官并不好，身材也并不好，但就是讨人喜欢，又不张扬，你看她不显眼，但你再仔细看，她要的一切都有了。

我的好朋友二丑便是如此，以前那个胖啊，和我一样不怎么打扮，永远一根皮筋扎着马尾，和我的高中时代心理状态都一样：深深自卑。

二丑唯一的爱好是读书，整个一本中国历史文学活词典。但是在文学青年里，她属于比较超脱又智慧的，就是不会因为爱情、悲剧看得太多，整个人变得很极端或者很感性，相反，她进得去也出得来。腹有诗书气自华嘛，我家男人，狗娃爹一直自诩有文化，唯有在二丑面前不敢说这话。

二丑对爱情看得就很平淡，她曾经暗恋一个人长达十年，结果被人耍得很惨。虽然结局惨不忍睹，但是也不影响二丑继续看好爱情，却不沉溺爱情。

如今，二丑找了个身高189cm、长相帅气、对她死心塌地的男人，顺利晋级当妈。至于身材嘛，瘦了一点，可离完美还差太多。然而她选择了教书育人，因为实在是太突出了，学生都叫她“美女老师”。

前几天看一个关于王菲的文章，说王菲刚出道的时候拍封面照，摄影师不愿意拍，说：“这人这么高，眼睛这么大，鼻子这么平，怎么拍？我没法儿拍。”虽然天后在我心中一直高冷地美到无与伦比，但天后的长相都是被质疑过的哦！

人嘛，萝卜青菜各有所爱，美与丑之间本来就没有特别明确的界线。身材不好的，可以用减肥、锻炼弥补，五官有特别大硬伤的，真的可以考虑微整形。这个时代，人人都可以变美，有的人美得很大众，接受的人多，有的人美得很低调，慢慢地才有人发现，才有人欣赏。如此而已。

所以美不过加一分，丑也不过减一分，顶多两分之差。人生有一百分的区间，何必把这两分看得过重？

你把得意归结为美，把失意推卸给丑。这不是美丑的问题，这是IQ和思维方式出错了。

人总归是追求美的，这点绝不能放弃，特别是姑娘。然而你要觉得美是决定一生的基石，那你这一生，真的不会太好。

写到这里，我翻到个热门微博：为什么红颜薄命？因为谁在乎丑女活了多久……呵呵呵，那钟无艳呢，马皇后好像也不美吧，抨击丑女，捧美女臭脚，也不要这么没逻辑和博出位嘛。

丑亦何哀，美亦何惧。我们求的不是美丑分值，终究不外乎这一生，过得好，过得舒心，过得圆满充实罢了。

这个时代，人人都可以变美。

学会对别人的人生闭嘴是一种美德

我被催生娃了。当然，催的主力是我爹妈，这我完全可以理解，他们想抱孙子，我老了我也想抱，但让我十分不能理解的是，闲得无聊的那么一群人。

关于这个，我有两件事儿要说。

第一件，我大学快毕业的时候，周围突然出现了许多关心你就业的人，像是人社部大学生就业中心的热心干部，不把你扔进合适的革命岗位就对不起他领的工资一样。“哎哟，我说小×，你应该去试试那家国企，我家有亲戚在，福利好工作闲，有前途，我给你介绍！”“哎哟，我说小×，你还是应该去考研，我有朋友是××大学的，他可以介绍导师给你认识，走走后门什么的。”“哎哟，我说小×，你应该出国深造啊，我侄子在国外，可以帮你联系大学，到时候也可以照顾你啊！”“哎哟，我说小×……”

我当时年轻，觉得某位阿姨口中的某家国企的确诱人，然而投简历无门，就厚着脸皮问：“阿姨，你家亲戚的联系方式能给我吗？”

阿姨说：“哦，他现在不在国内啊，等他回来，等他回来一定给你联系上……”然后，就没有然后了呗。

其他几个人的情况莫不如是，为此我深受打击。

渐渐地，你不会被忽悠了，视他们为粪土，然而你爹妈还依然被他们包围。老人家年纪大了，国学、养生、中医、气功什么都信，能不信这些个存在感？再加上为你前途担忧，就每天一个长途电话唠叨：“你跟张阿姨联系一下啊，你跟你伯伯见个面啊，你跟陈叔多学习啊……”

第二件，就是催生娃了。

前两天，有个人跟我妈说：“女人二十五岁以后子宫开始衰老，严重影响生育能力。所以你女儿要抓紧啊！你看看现在不孕不育医院，人满为患呀。我家大侄女就是过了三十岁就怀不上了。”

过了几天，又跳出来一个人，跟我妈说：“我认识一个有名的妇产主任啊，带你闺女去做个产前检查吧。如果有问题，也好早早调理一下。”听我妈在电话里的兴奋语气，那必须把此妇科医生吹得神乎其神，让九十岁老太太都可以再来“大姨妈”的那种医术才配得上她，而又把我二十八岁还没怀孕的事儿说得无比严重：“这是病啊，得治。”当然这不能明说，得用一种神秘的眼神，诱导我妈往这方面想。后来，我妈就信了，我就倒霉了！

张大姐、马大姐、吴大妈也就算了，越来越多的年轻人也加入这一行列。以前看一个豆瓣友邻发过一条广播，她说有个别生了娃的人，一旦当了妈立刻希望周围的人赶紧和她一样，该发胖发胖，该被娃折磨得睡不了觉就睡不了觉，这是一种“我下了地狱，你们都要下地狱”的贱人心理。

这话虽有偏激，但真的在某些人身上就是真理！

同理，买了房的一定要让周围人都买房——再不买就再也买不起了；找了对象的就一定看不惯“姐妹”单身——你这样会孤独，会老的，我很关心你哟……

人与人之间的交往和相处本来就很微妙，少一分吧，嫌冷淡，多一分吧，显二。但本着尊重和真诚的态度，冷淡或者二，我都是接受的。可我发自内心不认为以上的两种情况属于真诚的交往。

这世界的大部分人很闲。而大部分闲的人可以自得其乐，但总有那么一小撮，要把自己的快乐建立在别人的痛苦上，或者要把自己的痛苦最大范围地让朋友感同身受。意志不坚定的人很容易就被他们给干扰了，就像当年的我。

可这世界上谁的人生不是自己决定的？谁的人生是从你侄子、你二大爷那里汲取灵感的？谁不想生孩子是你跟人家父母唠叨两句就天降龙种的？

可是，有人偏要唠唠叨叨个不停，像是在履行一种做苍蝇的义务一样。但不是所有的人都可以容忍一只苍蝇，哦不，是一群苍蝇，在你刚打开电脑准备工作的时候，在你刚准备看书的时候，在你爸妈携手奔向广场舞的时候，集体飞过来说：唉，再不生，子宫衰老了啊！

这就是某些人类。回到标题，我希望他们捡回做人的基本素养：不要让自己的无聊影响到别人的生活。

那些能左右我哭笑的人，都被岁月踩死了

昨天心情非常低落，小伙伴说可能是我最近过得太心如钢铁，于是“累感不爱”。这没什么，我已经轮回了无数次。但是晚饭时，小伙伴让我想想心中柔软的瞬间，说这样可以缓解压力，然后我就回去苦思冥想了。

在网上乱逛时看到一句让我浑身起鸡皮疙瘩的话：You are the one makes me smile.

摄影机追溯到N年前，我其实遇到过那么一个人，的确形成了这么一种效果，而这种效果还是相互的，起初我纳闷儿，哥们儿你见到我傻笑什么呢？而且还是非要忍住的那种，忍又忍不住，搞得他自己像个傻子一样呈现精神分裂的状态……摩羯座比较慢热嘛，慢热不代表不热，渐渐地我也开始呈现这种稀里糊涂的状态：我一见他就笑。

虽然我知道自己笑起来一点儿也不难看，但是依旧无法理解自己这种难以克制莫名其妙的嘴角上扬行为。

恋爱导师告诉我说：“姑娘，你的春天来了。”可是，当时本来就是春天好吗。

然后和很多烂俗的情节一样，我俩散步，逛书店，吃冰激凌，遛王府井……死宅如我，觉得晒太阳就像万箭穿肤一样，突然就变了，变得每天喷上六神花露水，打了鸡血一样喜欢往外跑。

情不自禁地嘴角上扬是一件让人无比向往的事情。就像磁铁的两极，那种吸引不是人力可以控制或者阻止的，虽然黏到一起去也不外乎变成一块大一点的磁铁，再下一步就是繁殖出一两块小磁铁，从结果来看并不太让人有这么大的动力，但是互相吸引的过程毕竟是人类最愉悦的事情，大概也没有之一了。

然后，又像许多烂俗的桥段一样，我俩笑着笑着就窘迫了。比如说，开始恨不得天天黏一块儿，后来一个想黏，一个并不那么想黏，这差距之间，就是矛盾。再比如说，爱情里除了嘴角上扬外，在那个年轻到自己对自己的人生并没有什么主动权的时候，选择，又成了矛盾的火药桶，你觉得前方海阔天空，他也这么想，但两片海、两个天好像交集并不多，我俩是接着黏在一起嘴角上扬，还是为了一腔热忱各奔东西?

再然后，俩人再也不smile了，想到就心烦，嘴角的弧度变得平直甚至下垂，还都认为是对方的问题。“你应该改，应该像从前那样对我，让我见到你就笑。”他说：“let me try.”结果是，我发现，我俩回不去了。

我长这么大动过几次心，而每次从嘴角上扬开始，到黯然神伤为止，时间不同，对象不同，场景不同，然而故事线，却大同小异。

幸亏在二十岁刚出头的时候，我就学会了一个人找个黑暗的角落蹲下来，仔细思考这到底是为什么。

如果微笑开头，流泪结尾是每段感情的必然，那我还去追求什么感情，这不是慢性自杀嘛。

后来你们都知道的，我顺利地嫁出去了。这段感情和以往的感情没有任何本质区别，从嘴角上扬开始，没过多久就进入了窘迫状，再过不了多久就进入了黯然神伤状的炼狱期，彼此之间摩擦剐蹭到了犯不着去修这部车的程度。我觉得不出意外的话，这种周而复始还会持续到我恨嫁的年纪，然后一咬牙，算了，就他了。

好在机缘巧合下，在我和我家狗娃爹的矛盾不可调和的时候，心中咆哮着“大街上随便拉一个人都比他强一万倍”的时候，我因为犯懒，或者是毕竟想着可惜，因为手上有比感情更重要的事儿，因为那会儿没有那么心如钢铁，就嫁了。我以前写过，百无一用是深情，我总是还没深情的时候就想撤退，然而和狗娃爹站在十字路口的时候，我却意外地消极怠工。但消极怠工最后的结果却是无比积极的。

我发现其实我们并没有本质的矛盾，无非是鸡毛蒜皮，我无法容忍他性格里让我讨厌的地方，甚至到拿筷子的方式，刷牙的时候不许唱歌，蹲马桶的时间不许超过半小时……而为这些事情吵到要分道扬镳永不相见的地步，无外乎是我太看重当年嘴角上扬的错觉，老扬着那么累，放下来的时候又不甘心，不甘心就要找碴儿，找碴儿就是一阵唏嘘，继而一片荒芜。

曾经让你嘴角上扬的人，必定会让你哭上那么一两回。正因为扬了，所以格外在乎，又格外患得患失，眼睛一旦长在对方身上而忽视了自己，这段感情不可避免地会急速下滑到无法挽救。所以，不是那个让你嘴角上扬的人让你哭泣了，你上扬还是哭泣从来都是因为你自己。

而一旦找回了自己，虽然不会荷尔蒙洋溢到做个恋爱中的傻犀牛那样愉悦简单，却发现日子明明是可以过的，甚至过得很愉快。嘴角依旧可以上扬，脾气依旧随时爆发，但好在，终于又明白了，主动权在自己手里。我决定我的喜怒哀乐，而你只是个喜怒哀乐的承载对象罢了。

以至于现在我对狗娃爹说："你放心，换了谁我都能开心地过一辈子。"

他也只好拱手作揖："你想换我还能拦得住吗，你想扔掉我还不就是一句话的事儿吗？"

嗯，我喜欢这种自由的状态。虽然我应该是不会扔掉他的，他那么萌，那么可爱，又瘦弱， IQ还高，但我喜欢我想扔就扔的自由。虽然这样的自由是无数次抹泪换来的，但，毕竟是自由了。

如何才能做一个邪魅狂狷的姑娘

我想很多人被一句话戳过：“我文身、抽烟、喝酒、说脏话，但我知道我是好姑娘。”这一度是热门QQ签名啊，配上艾薇儿的照片，竖个中指、抽根烟什么的，简直不能更酷炫。且不说这句话艾薇儿压根儿就没说过，跟朋友圈流传甚广的哈佛校训一样，完全是意淫两个字的产物，就算真的说过，也不合逻辑，文身、抽烟、喝酒、说脏话就是好姑娘，不文身、不抽烟、不喝酒、不说脏话就是假的好姑娘——这是在给烟酒、文身做广告吗？

其实我大概懂为什么这句话流传甚广——帅啊！风一吹，眼睛一闭，烟头明晃晃，文身半隐半现，那个漂亮的姑娘眼光一扫，便有无数青年男子拜倒在石榴裙下，吼着：“不管怎么样我都爱你！”然后姑娘默默地说了一句话：“滚！”

很多妹子迷恋那样的一种状态，就是自己为所欲为，懒所欲懒，馋所欲馋，but，因为自己年轻貌美，就算自己对全世界竖中指，全世界还是笑容以对，温柔以待。当然，N多年后当她意识到这根本不可能的时候，一切都已经太晚了。

我一直羡慕帅气的姑娘，然而“帅气”两个字，绝不仅仅是抽烟文身、为所欲为可以诠释的。

帅是什么？是可以决定自身的自由，是自己的态度可以影响到别人的能力。就像那篇《了不起的周公子》，这个弱小的周公子（周迅）看起来是那么帅，为什么？因为她想爱谁就爱谁，想过怎样的人生，就能过怎样的人生。而别人，无力干预，无力左右，只能或羡慕，或嫉妒，或恨……

我必须承认，这种状态太让人羡慕了。可不就是“艾薇儿”那句名言说的吗？表达了一个含义：不管我怎样，反正你都得爱我！

可你是否想过周公子在默默无名时，在夜场唱歌，在片场跑龙套，在爱情里屡受伤害自己疗伤，事业上跌跌撞撞，甚至在央视版《射雕英雄传》里扮演黄蓉后遭遇滑铁卢，她，怎么一次次地打碎牙和血吞？也许深夜里的她抽烟、喝酒、骂骂咧咧，然而这不妨碍她冷静执着、不断地进化蜕变，成为今天的周公子，才有《李米的猜想》里的李米，《画皮》里的小唯，《风声》里的顾晓曼……

罗马不是一天建成的，公子也不是一眨眼就如此英气逼人的。

《仙履奇缘》里那句“我只看到了开头，却没有猜到结局”感动了一堆人，然而反过来，便能摧残一堆人，因为，你只看到了结局，却不愿意接受开头。

你接受周公子代言香奈儿、住着豪宅、演着女主角，你羡慕她、模仿她，却不愿意接受路途坎坷。

你羡慕汤唯是国民女神，一举一动都刺激着粉丝们顶礼膜拜，然而你却不愿意花三年才考上中戏，去跑上N年龙套……

你幸灾乐祸章子怡被泼墨了，邓文迪被抛弃了，然而你看到了她们爬起来的姿势，或优雅或狼狈，或轻松或沉重，虽迥然不同，然而都带着英气、帅气——无论这个世界如何以恶意待我，我依然坚持做我自己，你们爱谁谁吧。

那些畏畏缩缩的人依旧活在畏畏缩缩中，而酷炫的姑娘只要不死，总有一天还是会满血复活，亮瞎你的双眼。

太多人去模仿她们的穿着、发型、举止甚至笑容的弧度，然而这都不重要，也不代表你模仿得惟妙惟肖你就可以邪魅狂狷。而唯独在自己的路上且跌且爬，从一个弱不禁风能被一个人渣伤害，能被一次“大姨妈”打败，能被一个办公室贱人气哭的姑娘，成长为一个冷静理智，有能力、有财力决定自己的生活，定义自己的态度，培养自己的品位的女王，进而，那些小小的气场凝聚成巨大的能量场，开始干扰到别人，或让他们爱你，或让他们不爽你却无能为力地赞叹你的时候，即便你笑起来时很讨人厌，你也已经是最帅的你自己了。

极致才是真正的奢侈

说一个场景，你们一定有共鸣。

国贸某馆子，一群人从四面八方赶来，坐下，秀表的秀表，秀包的秀包，秀老公的秀老公，还有秀工资条、购物单、打车票的，只有你想不到，没有他们秀不出的。然后谈谈牌子，聊聊明星，说说老板又和哪个前台睡了，自己最近又被哪个高富帅追了，生活真是没趣透了，高富帅ABCDE真心不知道选谁呢？然后大家彼此做出非常无奈的样子，“唉，这些钱是买四个环的奥迪还是一个环的奔驰？”“唉，这些预算到底是卡地亚还是咬咬牙劳力士？”

然后下楼逛逛新光百货，觉得Gucci的新包不错，拿起一个仔细看看，和满脸谄媚、内心鄙视的营业员聊：“我去年买的款今年还有啊！你们家最近的风格不如隔壁啦！我去香港一买就买三个，质量是真好。”然后扭扭腰肢，啥都不买，扬长而去。留下营业员在身后翻白眼。

然后扭去三里屯，找个bar坐下，点一杯英文名很长，但根本不知道是什么意思的酒，晃着高跟鞋，继续说：“唉，到底是卡地亚还是劳力士？

到底是四个环还是一个环？唉，最近被人追得好烦……”一边却不停地对对桌的男人媚眼连连。

每次参加这种局，我都好想死！

总有那么一些人，他们满嘴都是物质，他们其实没有多少物质，而且，他们从来都不了解什么才是物质！他们光知道大品牌的logo，知道什么贵，什么玩意儿可以秒杀众人，彰显自己有钱，但他们从来都不知道，奢侈背后真正的含义。

这两天闲着的时候，我在翻一本小册子——《奢侈》，爱马仕总裁的回忆录。自始至终，我都看不到书里有新光百货、三里屯那些装模作样的人试图演绎的故作高冷与虚荣，而是真诚的描述和客观的回忆。

什么是奢侈？不管是一个包还是一瓶香水，不管是一件衬衫还是一条内裤，用心去做，做到最好，而做的过程中，感受到的不是痛苦而是享受，这就是奢侈，这就是态度。书里面有一句话蛮戳我心的：“他们是风一般自由、不畏艰辛的人。他们神秘、难以把握，因为知道自己要做什么而十分骄傲……他们傲慢、无视传统，又总是出人意料。简而言之，他们看上去处于边缘，其实，他们才真正位于奢侈的核心。”

我太喜欢这种态度和拥有这种态度的人了。知道自己想要什么，便去追求什么，不易被洗脑，不会随波逐流。而一旦做了，每一件事都往完美去使劲儿。和那种买东西从来都咬牙切齿，工作起来从来都得过且过的人，眼神都是不一样的。一种是实的，一种是虚的。一种是扎在地上的，一种是飘在空中的。而前者，贫穷和财富都是过程，最后，就是奢侈。

你们懂的，我已经恢复自由身一段日子了。终于可以不违背本心地和这个城市中大多数状态的人混迹在一起，无聊地过每一天，除了想涨点工资、吃点好的、穿点好的、住得好点以外，根本不知道自己要什么。

那些每天飘在三里屯的漂亮姑娘，化着妖艳的妆，踩着高跟鞋，用和年龄极不和谐的动作与表情漫无目的地穿梭在三里屯大大小小的酒吧。她们以为自己很“潮”，但大半夜不回家睡觉看书，第二天还上不上班？也许她们根本不需要工作，凭着美貌和妖气会有人给她们买包、买车、付房租，但那张脸，除了胶原蛋白丰富和间架结构良好以外，再没有其他含义和值钱的地方了。时光最容易把这玩意儿打包带走，永不归还。

而最近认识的一些真正在自己做事情的人，三五个人的小圈子，每天的话题就是“构想——实现——实现到完美”，个个都有强迫症，是疯子，然而个个都无视蝇头小利，谈事儿就是谈事儿。钱？以后再说，但一定会有。

这种状态，本身就是奢侈。爱马仕加身的人，如果活得没有主心骨，也不过是在这个城市里飘来飘去而已，他们不会把任何事情做到极致，因为他们根本不想，也不爱，他们爱啥？他们自己也不知道，于是别人说什么可爱，他们就去爱什么，说什么贵重，他们就去买什么，说什么能显得自己与众不同，他们就去玩什么。他们想的就是赶紧把票子换成自己的外包装，拍张照放朋友圈显得比别人牛气而已。而时间会洗刷掉他们的浮华，让他们屁都剩不下，但同样是时间，会把真正的奢侈赋予认真逐梦、踏实执行、追求极致的人。谁说时间残忍，我突然间觉得，时间才是天平一般公正的存在。

心灵砒霜：我不努力也过得比你好

很多人说我懒，小时候听到这话觉得特别不开心，我觉得我根本就不懒。虽然我总迟到，不交作业，夏天不喜欢穿袜子，冬天不喜欢穿秋裤，吃完饭不收碗，洗完澡不拖地……但我觉得这不叫懒，这叫在合理区域内追求自己的最大舒适度。

人不为己天诛地灭，更何况我只是让自己舒服一点、快活一点，我招你惹你了，你说我懒?

我记得上中学的时候，有一本练习册叫《基础××》（实在想不起来全名了），那是一本神奇的练习册，题目非常简单，而且不断重复，你就是练习一百万次，也只能停留在基础的层面上。于是，我经常违抗圣旨，不练不练就不练。

但是隔壁班有个女同学就不一样了，她不仅练，她还要抄一遍（题目也抄哦，手工抄哦）。老师激动了，这世界上竟然有如此勤劳的人，赶紧树成榜样，对我进行精神扶贫一帮一。

在精神扶贫一帮一的时候，那位女同学语重心长地教育我："懒惰的时候要多想想自己的未来。"然后我跟她闹掰了，准确来说是我"手撕"了她，因为我觉得她实在是太虚伪、太讨厌、太愚蠢了。

老师愤怒地给我的人生下了一个定论："你这样的自由散漫分子，会被社会淘汰的！"

Really？反正在高考这一步是没看出来，我比那位拿基础练习册当临摹字帖的大仙也就多考个一百分吧，没什么大不了。

这世界上有三种人：一种人吃饭、放屁之前都要摆一个姿态，此种人，为下等；还有一种人，不管如何耕耘都不太会摆姿态，此为中等人；当然还有上等人，就是姿态摆得也好看，背地里不管是阴谋诡计还是"锄禾日当午"人家一样没落下，最后好评也赚了，钱也赚了，堪称人生赢家。

私以为本人属于第二种吧，虽然没有进化到高级人种，也没有low成"心灵鸡汤喝撑了"的状态。

我一直觉得"头悬梁，锥刺股"这种故事很扯淡。首先，有很多种办法提神，为啥要头悬梁，锥刺股？困了就要去睡觉啊，否则哪有什么效率可言？其次，悬就悬了，刺就刺了，为什么要搞得天下皆知？

就比如那个抄练习册的女同学，你抄就抄呗，你非要拿着你的硕果去老师那里邀功，直接后果就是我倒霉。你还能怪我打你吗？

这个世界上，努力有很多种姿态，比如说暗黑系摩羯如我，我在意的事情完不成，我是连屎都不会去拉的，我会坐在椅子上让屁股焐出痱子直到想到解决方案。我喝水的时候想的是工作，洗澡的时候想的是工作，但我真的无法把努力两个字挂在脸上。我做不出来，我觉得这需要激情，还需要演技，而我两者皆无。

我知道，如果不努力，资质平平如我会死得很难看。但我同样知道，世界上最远的距离是手和嘴——光说有什么用啊！

说就说了，千万不要发朋友圈刷屏好吗，或者用你所谓的努力去绑架别人的努力。哦，只有你那种叫喳喳的努力叫努力，别人黑夜里吭哧吭哧地耕耘就不是努力了吗？

我写过心灵鸡汤出过书，我知道市面上需要鸡血满满的“正能量”。但我必须承认，这种心灵鸡汤太肤浅了。

正能量是一种心底的东西，不管你的外表是不羁还是愚蠢，是灿烂还是张扬，心底对自己的未来有清晰认识的人，是不愿意也不甘于放弃生命中的任何一个机会努力往上攀登的。你不需要给他喝心灵鸡汤，喝多了喷你一脸。

他的能量你根本拦不住，就像打不死的小强。这种人，本身就是“鸡精”好吗？而天天叫嚷着要努力的人，也许恰恰是内心空洞，只能嘴上充实吧。

自古以来，实干家都在其他人大声喊口号的时候，默默地给子弹上膛，下一秒，“嘭”的一声，整个世界都安静了。好了，就是这样。

无论这个世界如何恶意待我，

我依然坚持做我自己。

秀优越感也没个技巧，真讨厌

很早以前我文章里写到一个Z小姐，本来我们是很好的朋友，后来我去北京她去上海之后，她整个人都不好了，因为她觉得上海的一切都是优越的，上海以外的一切都是low的。于是，连带我这个身处北京的昔日好友的言谈举止也是时时刻刻散发着low气。

当时，这个还引发了北京和上海的气氛之争，我今天却突然明白了，这跟北京和上海并没有什么关系。如果她在山沟里掏粪，她也一定会鄙视我在城里吸雾霾。如果她在城里吸雾霾，她也一定会鄙视我在山沟里耕地、捉鱼、喂鸭子……

总之，如果她是一个点，她会以她自己为圆心以一个很小的半径画一个圆，在这个圆里的就是好的，在外面的统统是low的。

我再举几个例子吧，这样的人实在是太多了。

有次和一个哥们儿吃饭，我差点用咖啡泼他一脸就是因为他太讨厌了。

“毒毒，你不能理解一个年薪五十万的人的生活状态，就是虽然你想去伦敦喂鸽子，随时可以；你想买个卡地亚送女朋友，分分钟的事情。但是，并没有时间飞去伦敦，也没有时间交女朋友。所以，毒毒，你跟我说说你们年收入只有我五分之一的人的生活状态吧，我很想了解呢……”

此处我有几个疑问：1.他是如何判断我的年收入的呢？2.我不认为年薪五十万真的可以随时飞伦敦或者分分钟买卡地亚好吗，除非他买的是仿真卡地亚。

还有下面这一种：“毒毒，你不生孩子简直不知道做女人的天分是什么！知道吗，生了孩子你才会有女人味，才更能被老公疼。你看看你这个样子，知道为什么缺桃花吗？最重要的就是没有女人味。女人，只有生育、哺乳了以后才能出韵味。你看我儿子多可爱，拉屎的样子都是那么迷人，你天天抱着狗，人家会以为你不孕不育的……”

此处也有几个疑问：1.抱狗和不孕不育的必然联系是什么？2.姐姐，你老公出轨了你知道吗？

还有呢，某个姐们儿的确出生在小康之家，父母也都是大学教授，但是她最常挂在嘴边的是：“毒毒，那些人好没家教哦！父母low孩子就low，这几乎就是一定的。父母没有读过书不是精英的话，小孩也很难摆脱平民身份的。哎呀，有时候你也有点没家教，你看看你朋友圈发的那些玩意儿，还有你写的书。虽然我还是蛮喜欢你的，但是一个淑女不能像你这样哦！”

此处还有疑问：姐姐，你的家教包含你去做小三拆散别人婚姻吗？据我所知你不是第一次干这事儿了！

反正，总是有人，如果她自己是A，那么其他二十五个字母就全是low的代名词。

屁股决定脑袋是人类天性没错啦，但是有些优越感放在内心不行吗？非要秀出来吗？非要打倒一切和自己不一样的吗？

我以前写过一篇文章，大体意思是，剩女也要反思一下自己，就有小读者骂我秀优越感。当时我还蛮不服气的，现在想来，我这个行为确实是会招人讨厌的。如果我也剩下了，那么号召一起剩下的妹子反思下自己剩下的理由，大概就没有我顺利嫁出去了，但是摆出一副站着说话不腰疼的样子招人讨厌了（但是你们的确误解我了）。

我觉得剩女也好，嫁出去了也罢，各自的生活都会有圆满和残缺的地方，就像生了娃的的确有艰辛和幸福，没生的也有自由和爽快好吗？

大千世界不能活得如此狭隘，乐趣全在于秀自己的优越，踩别人的伤痛。以此为生存支点的，才是最low的。

而反过来，你们知道怎么秀优越感吗？

场景一："毒毒，上海就是比北京要高大上，所以你来上海，我送你一套房子外加一辆宝马啊！"

场景二："毒毒，走，一起到伦敦喂鸽子去，机票、餐饮外加购物全包我身上。"

场景三："毒毒，如果你不想生孩子，我儿子送给你！"

……

如果能做到以上的样子，你怎么秀优越，我都会一腔热诚地爱你们。

任何矫情都是自取其辱

我因为《大明宫词》跟我男人吵过架，我说《大明宫词》太好看了，我小时候看过三遍。

我男人说："那冗长的、矫情的、不知所谓的，有时候还有语法错误的台词，你是怎么忍下去的？你看《新白娘子传奇》三十遍我还可以理解为你想拥有法术，想满天飞，想唰的一下变没有，再唰的一下变回来。但是你看《大明宫词》三遍我只能理解为：有一种矫情，只有矫情的人能理解。"

然后我愤怒了，用锅铲子铲我家男人屁股，还留了一块疤。

后来我的审美渐渐提上去以后，发现《大明宫词》这戏去掉赵大叔、陈红以及周公子的脸，果真只剩下了一箩筐的矫情。如果让我现在再看，我只能说，我是为了脸，别无其他。

其实不仅仅是《大明宫词》，任何影视作品，只要是男欢女爱、男虐女恨题材的，仔细剖开来看就难免不矫情。

“深情若是一桩悲剧，必定以死来解读。”

你说《霸王别姬》矫不矫情，的确有些矫情啊，放在现实里谁能理解程蝶衣的执着呢？但人家真的以死来解读的时候，爱情瞬间就升华了，赚足了眼泪，拿足了奖项，名垂青史。“不疯魔不成活”，张国荣似乎程蝶衣附体，给我们来了一个戏如人生。

真正的艺术家为什么是伟大的？因为入戏太深。而我们缘何能平凡却又快乐？因为我们只看别人的戏，但有人偏不。

我认识一个姑娘，喜欢上一个结了婚的男人，你们知道男人这东西吧，大多数时候是没有节操和底线的。不管自己结没结婚、有没有娃，只要有送上门来的小姑娘，不接受是对不起自己的。据我所知，俩人是暧昧了几次，但因为硬件条件限制，还没有滚到床上去。紧接着就是这个姑娘无休无止地矫情：我爱上了一个不该爱的人，我觉得我再也放不开，我的每一个笑容都是为了他，每一滴泪水也是为了他，可是他，总选择不看我……

开启矫情模式的人是很痛苦的，看一朵花的凋谢都能想到自己想爱而不能的悲剧，时间长了，能不神经病吗？再冲动点，搞不好就以死去解读了呢！

但矫情也是有贡献的，因为矫情会让人成为诗人。比如说，这个姑娘来问我怎么办。

我说有三种办法：

1. 你厉害你去拆散别人家庭——她说不，她不会当第三者的，他也不会离婚的。

2. 你拉黑他，换一个单身的对象矫情，你的诗写得这么好，我想小伙子们都会爱上你的才华的——她说不，她的全世界都是他。

3. 你接着矫情吧，把朋友圈诗歌的版权给我，等你把自己矫情死了，我把你的矫情集合出版，我就牛了——她说你滚。

我就滚掉喽，也解脱喽。

女人常幻想男人三年五载暗恋自己，幻想三年五载的爱情拉锯，然后单膝跪下，从此互为唯一。而大多数男人想的是，三五次的约会，可以开房就接着约，不行就滚蛋。

因而太多的女人，花了太长的时间去矫情去猜测，却不会如此深情纠结。

你说这种不对等，你一辈子蒙在鼓里就算了，万一知道了，能不受伤害吗？

据说小狗的肠子是直的，所以不存在便秘的问题。人类的脑子，也不要绕那么多弯，才能有效减少伤心的问题。

爱上他，享受他，离开他，忘了他。

任何一个状态，好好享受就是了，不要自带矫情技能一万年，否则，就是自取其辱一辈子。

“玻璃心”只是一枚小“傲娇”

这次针对的问题主要是——“玻璃心”。好几个妹子问我“玻璃心”怎么办？我觉得吧，我自己也很玻璃心啊！

就在前几天，一个以前玩得很好的哥们儿回北京了，下雨天发了一条朋友圈：好大的雨，北京就这么欢迎我吗？然后我就云秒回了：回来啦！改天一起吃饭啊！

然后人家并没有回我，本来也没当回事儿，但昨天晚上心情有点糟，想到N年前一起吃烧烤很愉快的场景，就在通讯录里找到他的号码准备发个消息，结果跑去人家朋友圈一看，发现那条状态已经不在了。然后我点进去看，发现他的朋友圈我完全看不到了。

天啊，我是到了多么人见人嫌的程度，发一条吃饭邀约就被人屏蔽了朋友圈？“玻璃心”袭来我真是难受死了。

我想了一万种我被屏蔽的理由：我太丑了？due自己的朋友圈老是发狗的照片招人讨厌？他发现我原来就是毒舌奶奶，觉得我实在是心智不成熟？

天哪！你知道有多难受吗？一个本来根本无关痛痒的人，就因为我手贱发了约饭邀请，然后发现我自己被屏蔽了，就给我平添了这么多烦恼，还让不让人活了！

我思来想去，抓耳挠腮也不理解，都快把自己急哭了好吗？然后我也被自己的“玻璃心”震惊了，我都不太记得此人长啥样了，竟然能让我痛苦至此，不过是他成功地引发了我的纠结。然后，我突然间想明白了，此事大不了只有如下几种可能：1.他讨厌我要跟我绝交。2.他被外星人挟持了手机。

两种都没什么大不了，不会影响我赚钱和吃饭，所以我释然了。不过，我还是发个微信问了一句：“What's wrong with you?”不回就当他看不懂英文喽。然后我收到了回信：“女朋友被好哥们儿睡了，万念俱灰，想死，全删了。毒毒，救我……”

其实，生活里的玻璃心大多源自于“纠结”两个字。比如我顺手举个例子分析一下，如果被人说你穿这身衣服真不好看，瞬间“玻璃心”怎么办？其实是因为纠结：你并不愿意承认你的衣服丑，但你又觉得贱人说的可能有点道理。那么就从以下几个角度思考这个问题：

1. 站在镜子前，真的不好看吗？如果真的不好看，扔掉重买。如果是因为胖，没审美，那么有了减肥学习的动力——贱人一席话，胜跑十年步，得谢谢她。

2. 她比我好看吗？如果不，让她从哪来回哪里去。

3. 穿衣服不就是为了自己爽吗？好不好看难道不应该听自己的？

以上三点，无论哪个想通了，“玻璃心”瞬间变钻石，根本不care。

人的自尊总是很脆弱的，冷不防被伤到了非常正常，但一直沉溺于伤痛中无法自愈就是你的不对了。

再比如，喜欢的男生对你爱理不理让你“玻璃心”，还是因为纠结。你并不愿意承认他也许根本不喜欢你，一直希望他心里有你的一席之地，又怕你主动去说，换回来拒绝伤自尊——简直是纠结到死呢！其实，拯救这个“玻璃心”只要两点就能达成：

1. 你发自内心地承认他根本不care你。此处不留姐，自有留姐处，你撤。从此云卷云舒、潮起潮落与你无关。

2. 你把不甘心化成行动，问一句：男神你心里到底有没有我？不会死，不会丢脸，但可以换回解脱或者喜大普奔的爱情续集。

何苦守着“玻璃心”，浪费容颜和青春呢？

人总怕被拒绝，越缺乏安全感的人越怕。但怕是无法避免的，你是人类，上帝赋予了你恐惧的技能。但想想，如果最差的后果你都可以坦然接受，让暴风雨来得更猛烈点，越虐你越牛有什么不好的。

其实没那么复杂，只看你愿不愿意。

我错了，我不改

讲了一礼拜时尚了，我都没有存在感了。所以在这个周末阴郁的午后，我来刷一个存在感，讲讲最近对一些人际问题的感受。

作为一个控制欲极强的摩羯座，其实呢，一开始我是喜欢“太监”人格的。就是我说什么，他都说“好好好”，我说什么不好，他就绝对要说“坏坏坏”。

不仅是在感情上，在工作上，其他人际关系上，你都会发现有这种你说一，他绝不说二的人。你可以把他归结于“很听话”“人nice”“没矛盾”这一类，但时间长了，你会发现这些人其实才是最没有节操、最不可信赖的。

举个例子。以前工作的时候有那么一个同事，公认的“nice哥”。某次和他分到一个项目组，瞬间觉得是三辈子修来的福气。果然，开工之前讨论什么都“好好好，行行行”，结果一开工，就发现此人毫无责任感，把工作一股脑地推给我，迟到早退不说，工作还很敷衍，虽然不会跟我吵架，满脸堆笑，但是完工以后出的问题也一股脑推在我身上。这是“nice

哥”吗？一点担当都没有，不担当责任，也不负担错误。

后来见得多了，这些人都可以做一个人格画像了。

恋爱里也有这样的人，特别是男人。女朋友说明年结婚吧，他说好好好，到了明年了，怎么还不结？然后到了下一个明年，依旧什么都没有……女朋友说，咱们攒钱买个房吧，他说好好好，结果光女朋友在那里哼哧哼哧地省吃俭用，人家该干吗干吗……这种人真是拿他没办法，想吵架都找不到借口。比起那些明确跟你说，我还没玩够不想结婚，或者没钱买房子，不愿意就不要跟我的男人真是差得远了去了 起码后者还有勇气说个真相。

一个永远顺从的人，只有两种情况：一种，他很坏。表面上顺从任何人，实际上没人能控制得了他，有种口蜜腹剑的即视感，而且可以很好地驾驭两种分裂的人格。另一种，他很㞞。这个世界上没有人会一直顺从，但他懒得反抗了，反正船到桥头自然直，先口头应下来，到时候不行，做鸵鸟就是了。

前一种人其实很牛啦，我们也不太可能遇得到。后一种，简直是遍地开花，而且极具迷惑性——通常长着一张善良可欺的脸，干的全是指望别人给他擦屁股的事。

我现在越来越喜欢在事情进展阶段勇敢表达自己的意见，甚至不同于大众意见的人。这种人，起码他有表达自己想法的勇气，这也就相当于，他愿意为自己的意见和思路承担责任。

比如俺们工作室，其实我是一个独断专行的、令人讨厌的老板娘，但我们工作室几乎每个可以独当一面的人都因为工作问题跟我争执过。这是一件可喜可贺的事情，说明这些愿意和我争执的妹子，在认真思考自己手头的工作，有思考才有见解，有见解才会有不同的意见。试想一个随便跟你说“好好好”的人，你觉得他对待工作真的动过脑子吗？

恋爱也一样。以前觉得男友听话是莫大的幸福，后来觉得，那是没主见的一种表现啊！不瞒你们说，我曾经是有过一个我说一，他绝对不敢说一点一的男友，但你们知道吗，他的床单，都是他妈妈周末开车来学校打包带走回家洗的。他也不仅是不对我说“不”，他对全世界，都不曾说过一个“不”字……

总之呢，警惕身边那些从来没有不同见解的人。也警惕那些你一瞪眼他就说自己“错错错”求原谅的人。这些人从来的处事习惯就是：我不说话，我就不犯错；或者，我说我错了，但是我就是不改。

你说气人不气人啊！

爱上他，享受他，离开他，忘了他。

剩女的光荣与可耻

昨天都被李晨和范冰冰的“我们”刷屏了吧，我对这对情侣的兴趣其实不大，但是“范爷”都有主了，这个1981年出生的霸气女人，倒是让我想谈一谈“剩女”这件事情。

范爷这些年没少拿自己霸气到嫁不出去这件事儿说事儿，《一夜惊喜》这片子不就是讲一个白富美“太优秀”了，看上的都有主了，看上她的她都看不上，于是被小鲜肉“占了便宜”。这些年，市面上这些将“剩女”剩下的原因归结为“优秀”和“挑剔”的影片太多了，讨好大龄剩女市场要不要如此无耻?

但是我跟你说，现实里“太优秀”的女人鲜有因为这点嫁不出去的。

这些年震惊了我的“太优秀”的女人很少见，但乔治·克鲁尼的老婆算是一个。牛津学霸，世界级的人权律师，会法语、阿拉伯语，曾经是联合国秘书长安南的叙利亚问题秘书，是维基解密创办人朱利安·阿桑奇的律师代表……

你觉得人家因为太优秀嫁不出去了吗？乔治·克鲁尼还有点配不上她呢！曾经扬言永不再婚的好莱坞钻石王老五不可避免地沦为了秀恩爱的老男人，腻歪得我都有点看不下去呢。

所以，你还觉得自己比她更优秀才嫁不出去吗？

“优秀”不单单是你学历高、工作好、挣得多，这是爸爸妈妈眼中的“优秀”，而作为女人，一点女人味都没有，邋邋遢遢，情商低到尘埃里，即便有体面的工作、不错的收入，但是没有男人正眼瞧你，你说你能怪社会吗？

我举几个身边的例子说说吧。L姐姐，十六岁就考上了著名大学，接着读研究生、读博士，毕业后工作也很好，人长得也不错。但是她今年三十六了，仍然没有嫁出去。你们会以为是“太优秀”了所以嫁不出去吗？

事实上，这是L姐姐自己的问题。她因为太“爱学习”，所以几乎“no social”，遇到所有问题都是第一时间“找爸爸”。然后呢，找到的对象，或者找上门来的对象，没有一个可以给到她“爸爸般”的爱，于是L姐姐成了剩女。这还不是最严重的，更严重的问题是，L姐姐工作以后觉得社会不是她想象中的样子，那么不纯净、那么复杂，越来越想不通，于是有了抑郁倾向。现在L姐姐的爸爸辞职在家陪她，别说嫁不出去这个问题了，就是连基本的正常生活，对L姐姐都是问题。

其实高学历人群中不乏“牛津学霸”这种双G高、颜值高的分子，更不乏L姐姐这样在象牙塔里待得有点傻的女生。

“读书”读得太狭隘，只攻专业，情商为负，剩下了，能怪谁呢？男人会因为一个女人读书多、有智慧而爱上她，但男人绝不会因为一个女人有学历就爱上她，毕竟他又不是要和毕业证过一辈子。所以，其实大部分女博士们都嫁出去了，甚至嫁得很好，剩下的是各种L姐姐。

当然还有一种人，例如KK姐，社交名媛，白富美。但我实在是太了解她了，在她眼中男人就是猎物，证明自己“魅力”的猎物。而且一旦相处起来，她一定要把男人踩在脚底下当脚垫使才能刷出存在感。

我一直以为以“追求自己男人的数量”为豪的女人智商都有缺陷，但KK姐明显没有智商缺陷，她只是太过“自负”了，其实这是很让人讨厌的特点。

KK姐的硬件条件没的说，毁在了“不真诚”和“太自恋”这六个字上。一个三十五岁的女人，我认为过了玩感情游戏的年纪——我一直觉得什么年纪都不要玩感情游戏，特别是年纪大了以后，因为你身边的男人也上了年纪，再也不是懵懂无知、满脑子荷尔蒙的傻小子了，你玩，他就陪着你玩，玩到最后你当真了，别人不当真，你也不能怪这个世界上的男人都是骗子，因为你自己也是。

这类人很符合张学友一首歌里唱的“如果这都不算爱，我有什么好悲哀；你要的是崇拜，并不是谁的爱”。

感情里要傻一点，也要真诚一点，不然一定受伤——这也算是情商高的一种表现吧。

另外，KK姐太自负了。她天天号称自己是女强人，要知道皇帝的谥号都是后人给的，“女强人”也不是用来自称的，别人认为你是，你才是。你天天说“我是女强人，你们男人没有人能配得上我”，自己过了嘴瘾，却不知道多少人默默给你按下了傻子键呢。KK姐的朋友圈每三条就要自称“女强人”一次，虽然我每次都会点赞，但我的心情你们懂的。那些跟KK姐玩玩就跑的男人，大概也不是觉得自己配不上“女强人”，而是觉得这个“女强人”有点傻吧。

被工作逼成“剩女”的人也是有的，比如说我的那些在顶级律所工作的同学们，真的是忙到没时间恋爱，而其实内心是很真诚地憧憬爱的。我觉得这部分人，才是真正“剩下有理”的。但工作真的不是生活的全部，女人是需要爱情滋润的。工作再累，也要有周末，如果没有周末，其实可以考虑换个钱稍微少一点但有点自己时间的工作。

人生本来就是在不断权衡，如果真的觉得到了三十岁这个坎儿，一个稳定的家庭在生命中的比重要比二十岁的时候更重要了，那么，其他部分适当做些牺牲是可以理解的。工作是做到六十岁的事，老伴却可能陪你到一百岁哦！

至于怎么找对象，上次参加一个书友会，被粉丝问道：“毒舌奶奶你是怎么找到对象的？”我羞涩又郑重地告诉你们，我是在水木BBS上认识狗娃爹的。虽然我爹妈问我时，我都咬紧牙关说“是朋友介绍的”，但是没错，我们就是在论坛上约着去毛主席纪念堂瞻仰毛主席然后就勾搭上了。

那么，参加这种活动是有用的，行业内的兴趣party啊，论坛组织的版聚什么的，别怕low，你的人生伴侣不是都得出现在三里屯纸醉金迷的酒吧里的。

前提是，不要学习L姐姐，见到男生就想到爸爸，也不要学习KK姐，不停地秀优越感，把男人都当狗——这也是一种病，叫直女癌。

自己是什么样就呈现出什么样，你足够好，自然有人对你足够爱。

要相信找对象这种事儿其实跟卖商品一个道理，酒香，酒足够香，就真的不怕巷子深，如果你觉得自己足够香，却始终没人追，那我告诉你，你一定是嗅觉出问题了。

当然了，对于真正优秀的女生，适当去参加点社交活动，主动结识些异性，让巷子稍微不那么像迷宫，备选对象不是更多，不也更容易挑吗？何必一边抚摸着自己的孤独一边高冷地拒绝所有能接触到异性的机会？

这次虽然主要说的是“剩女”剩下不能怨社会，但每一个剩女，相比那种为了找长期饭票而草草把自己嫁了，婚后除了秀老公再也没有任何别的可秀的女人，都算得上是妥妥的人生赢家了。